TAKE
SHOBO

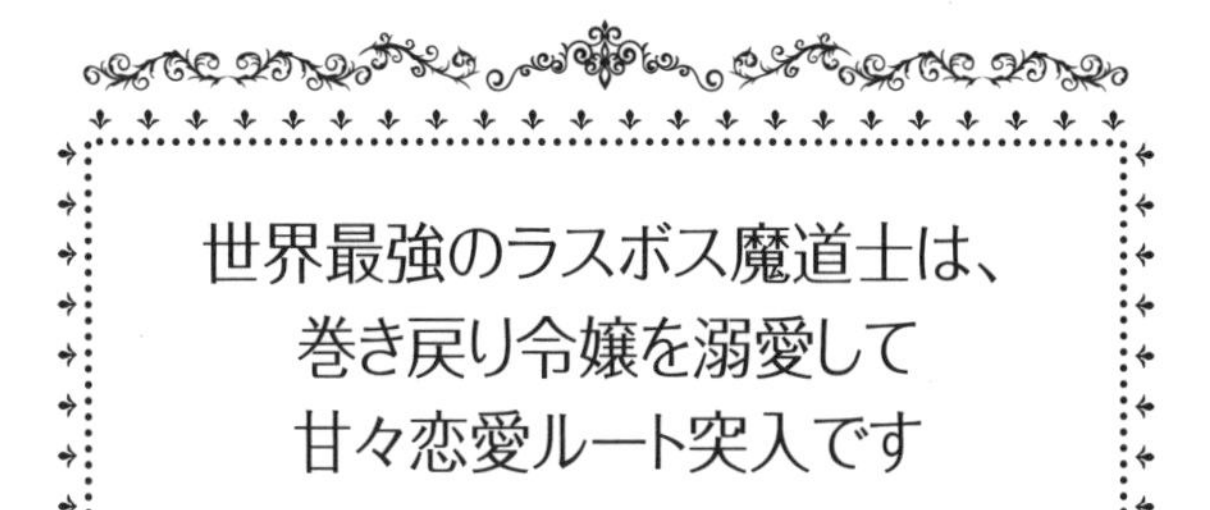

世界最強のラスボス魔道士は、巻き戻り令嬢を溺愛して甘々恋愛ルート突入です

猫屋ちゃき

Illustration
なま

contents

イラスト／なま

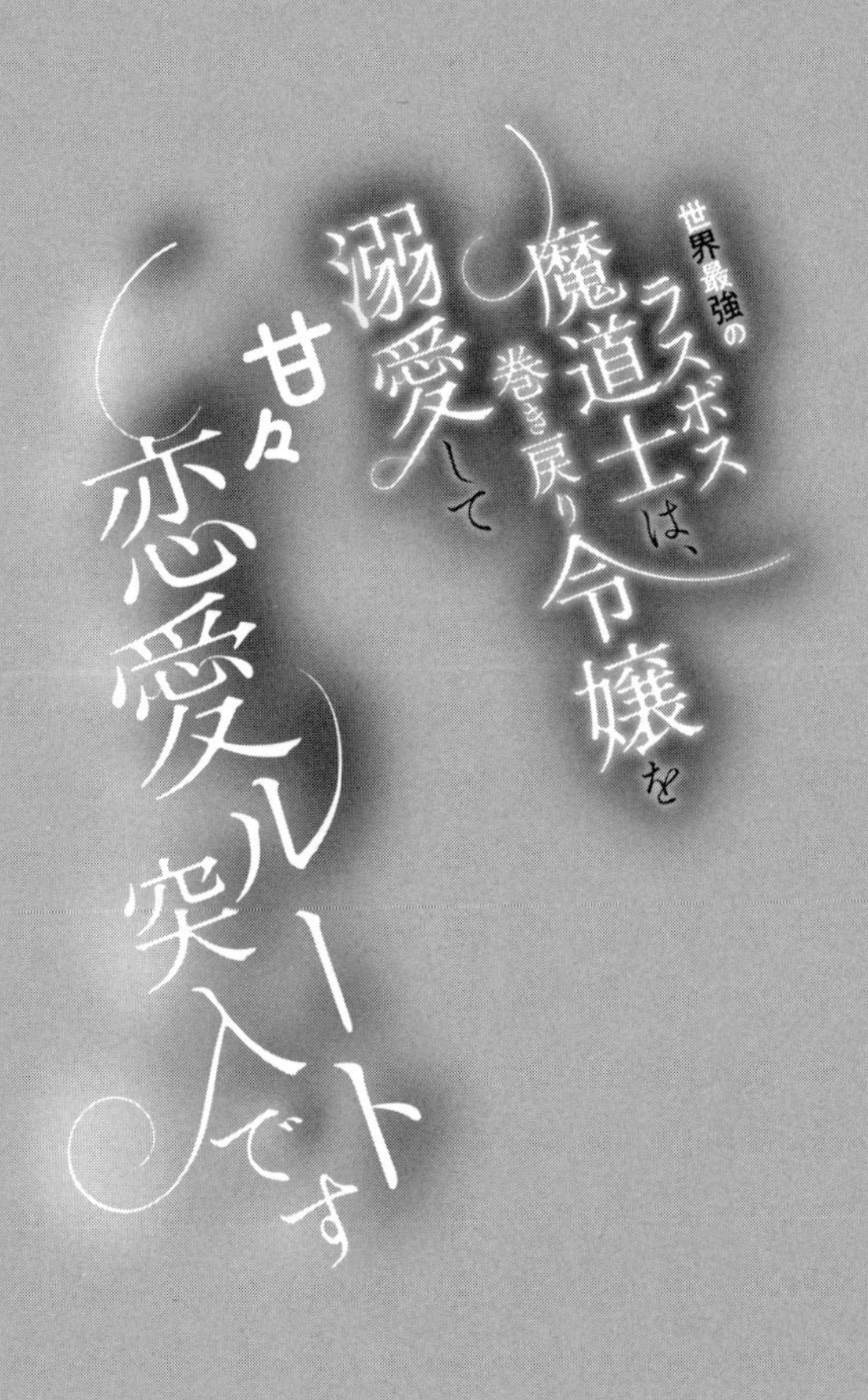
世界最強のラスボス魔道士は、
巻き戻り令嬢を
溺愛して
甘々恋愛ルート突入です

第一章

あちこちで火の手が上がり、地面が割れ、空が見たこともない色をしていた。

リーゼルは逃げ惑う周囲の人たちに流されるように舞踏会の会場から逃げ延びてきたが、もうこの世界のどこにも逃げ場などないのがわかった。

世界が、間もなく終わろうとしているのだから。

普通の人々にとっては、何かとんでもない厄災が訪れたようにしか感じないだろう。

だが、少しでも魔力を、魔法を感知できる者にならわかる。

今この瞬間、空気の中に膨大な魔力が溢れ、それが世界を作り変えようとしていることに。

（一体誰が、こんなことを……）

よろめくように足を進めながら、リーゼルはそんなことを考えた。今夜のために仕立てたドレスは、装飾があちこち引きちぎれ、見るも無残な姿になってしまっている。

本来なら、そんな姿で人前に立つなんてありえないと考えるだろう。だが今は羞恥心よりも、起きている現象の正体を確かめたいという気持ちが勝っていた。

途轍もない胸騒ぎが、リーゼルの足を動かし続ける。

曲がりなりにも魔法を修めた者として、事態を見極めたいという気持ちがあったのだ。

逃げ惑う人波から外れ、リーゼルは魔力をより強く感じるほうを目指した。近づくほどに、肌をビリビリとした感触が撫でていく。

魔力の源に近づけば近づくほどに、空気中を瘴気が満たしているのを感じる。

「あれは……」

建物も何も残っていないような瓦礫の山をかき分けて進むと、ぽっかりと開けた場所に出た。その上空に、黒い球が浮いていた。

どうやらそれが、この魔力の放出源らしい。

黒い球に見えたそれは、よく見れば黒い靄を纏った何かだった。何かの存在を核として、黒い靄が渦巻いている。

「あ……」

よくよく目を凝らせば、その何かが人であることがわかった。

皮膚の色は変質し、ところどころ鱗のようなものに覆われているが、それは人だった。

おそらくその人物が、これほどまでに魔力を溢れさせるような何らかの魔法を行使したに違いない。

それが人であるのにも驚いたが、何よりリーゼルを驚愕させたのは、禍々しいその人物に、憧れていた人の面影を見たことだ。

見間違いだと思いたかったが、彼だと思えば辻褄が合う。

「デットマー先輩……」

思わず呟いて、確信してしまった。

上空に浮かぶ禍々しい姿となっているのは、リーゼルが魔法学校在学中に憧れていたカールハインツ・デットマーだ。

伯爵家令息でありながら愛妾の子ということで疎まれ、魔法学校でその才を花開かせた孤独な天才。

彼は飛び級で魔法学校に入学すると瞬く間に数々の難関魔法を修め、教師たちから学ぶことがないとわかると、与えられた研究室で日夜興味の赴くまま魔法を究めているという人物だ。

生い立ちゆえか感情表現に乏しく、その涼しげな美貌と相まって〝氷の魔道士〟などと呼ばれていたが、リーゼルは彼に密かに憧れていた。

ほんの何度か、彼に親切にしてもらったことがあったから。

人間に興味などなさそうな美しい彼が、ひとときでも自分に関心を示して、手を差し伸べてくれたのが嬉しかったのだ。

たったそれだけ。だが、年頃の女性が誰かを好きになるのにそれ以上の理由はいらない。

卒業すれば接点はなくなってしまうのだからなおさら、彼と過ごしたささやかな時間は、リーゼルの中で優しい魔法のようにきらめいていた。

それなのに、憧れた彼はおぞましい魔力を纏って、この世界を変えてしまおうとしている。

「いたぞ！　完全に覚醒する前に撃ち落とせ！」

リーゼルが呆然と空を、カールハインツを見上げ続けていると、どこからか物々しく男たちが走ってきて、上に向かって何かを構えた。

それは、魔導兵器だ。かつて大型の魔物を討伐するのに使ったとされる、魔力の制御によって砲弾を飛ばす兵器。

教科書でしか見たことがなかったそれが今目の前に担ぎ出され、そして憧れの人に照準が合わせられている。

「や、やめ……」

リーゼルが魔道士たちを止めようとするよりも早く、第一弾の砲撃がなされた。

カールハインツに狙いを定めた砲弾は、魔力によって制御され射出される。さすがは魔導式と言うべきか、彼のもとへ誘導されているかのように飛んでいく。

だが、無意味だ。

砲弾はカールハインツのもとへ飛んでいったが、彼に当たる前に弾き落とされる。

彼を覆っている黒い靄が、障壁となって守っているのだ。

次の瞬間、黒い靄だと思っていたのが、彼の体の一部だったとわかる。

砲撃に気づいた彼がギロリと地上を睥睨すると、霧が大きく開いた。

それは、翼だった。

鳥類のものとは異なり、かといって蝙蝠などのものではない。

今では小型種しか残っていないドラゴンの翼のようだと、リーゼルは思った。

だが、彼らに感じるような愛らしさもなければ、優美さもない。何より、それが人間と組み合わさった姿はやはり異様で、畏怖と嫌悪の気持ちが湧き上がるのはどうしようもなかった。

「魔法にのめり込むあまり、ついに魔に堕ちたかカールハインツ・デットマーよ！　魔法界の寵児などと周りがもてはやすからこのようなことになるのだ！」

魔導兵器を構える男たちの中のひとりが、そんなことを叫んだ。それを皮切りに、他の者たちも口々にカールハインツへの憎悪を撒き散らす。

その場に満ちる魔力と瘴気を凌駕するほどの、あまりにも濃すぎる悪感情。兵器に魔力が充填されるまでの間、己を鼓舞するために吐き出したのかもしれないが、それらの言葉は聞くに堪えなかった。

リーゼルは膝から崩れ落ちる心地がして、空を見た。

カールハインツが纏う禍々しさが、一層増した気がしたからだ。

『……お前らには、わからぬだろう』

声なのか音の振動なのかわからないものが、その場の空気を震わせた。

その次の瞬間、体に衝撃を感じたと思った直後、何も見えなくなった。

極大に達した魔法が、世界を呑みこんだのだとリーゼルは理解した。

（傷つかないわけ、なかったのだわ）

薄れゆく意識の中、リーゼルはカールハインツに思いを馳せた。

胸にあふれてくるのは恐怖や悲しみよりも、後悔だった。

兵器を構える男たちに罵声を浴びせられた彼が、ほんのわずかに傷ついた表情をしたように感じたからだ。

魔に堕ちたと言われようとも、魔そのもののような姿になっていても、彼にはきっとまだ傷つく心が残っていた。

何より、あんな姿になる前に誰かが彼の孤独に寄り添っていれば、もしかしたらこの事態は防げていたのかもしれない。

何が彼を追いつめ、何が彼を凶行に駆り立てたかはリーゼルにはわからないが、彼が完全に人との関わりを拒絶していたわけではないことも知っている。

知っている自分だからこそ、おこがましくも何かできたのではないかと考えてしまうのだ。

（ああ……どうして……どうしてもっと先輩とお話ししなかったのかしら）

リーゼルの脳裏に浮かぶのは、彼がリーゼルの課題を手伝ってくれたとき、ふっと溢れたささやかな笑みだった。

氷の魔道士などと呼ばれているが、彼の心が本当に凍りついているわけではないのは、その微笑みを見ればわかった。

そのときからきっと、リーゼルは彼に心惹かれていたのだ。

それなのに、彼に本気で寄り添うことはなかった。彼の孤独を省みることもなかった。

自分が彼を止められたのではなんてことは考えないまでも、もっとできることはあったのではないかと考えてしまう。

何より、こんなお別れはあんまりだ。

魔法学校を卒業してから、彼に会うことはできなくなった。だから、生涯の伴侶を見つけるために夜会へと顔を出すようになって、彼にばったり会えないかと期待していた。彼が社交の場に出てくるわけがないとわかっていたくせに。

彼を忘れられないまま過ごしてきただけに、こんな再会と別れは嫌だった。

(もし時間を戻せるならきっと、先輩とお話しするのに……こんな後悔しないようにするのに……)

体が失われる直前、リーゼルはいつものくせで胸元のペンダントを握りしめた。それは、亡き祖母がくれた守り石のペンダントだ。

「リーゼルを守れるように、祈りと願いを込めたものよ。正しく使えると信じているから、あなたにこれを託すわ」と言って渡された、大切なもの。

子供のときから不安を感じると握りしめていたから、今もつい触れてしまった。

五感はもうほとんど残っていないはずなのに、それはほんのりと温かく感じられた。

その感覚を最後に、リーゼルの意識は途切れた。


「お嬢様、起きてください。リーゼルお嬢様。朝のお支度が間に合いませんよ」

おっとりとした声と体を揺さぶられる感覚に、リーゼルはハッと目を覚ました。

寝台の上にそっと起き上がってみて、自室にいることにまず驚いた。

あんなことが――世界が滅びるようなことがあって、まさか無事でいるとは思わなかったからだ。

こうして目を覚ましたのも信じられないし、何より自分がどうやら無傷らしいことも信じられない。

体が痛むことも、動かない感覚もなかった。

こうして無事に自室にいるということは、あんなことがあったにもかかわらず屋敷は無事だったということ。そして、自分のほかにも無事な人間たちがいたということだ。

「メグ……あなたは、大丈夫だったの……？」

　事実をひとつひとつ確認していこうと、リーゼルはメイドの名を呼んだ。

　昨夜は舞踏会だった。会場で踊っていたときに、地割れと嵐によって避難を余儀なくされ、そのときに彼女とははぐれてしまっていた。

　そのあと彼女がどう逃げ延びたのかも、リーゼルがどのような経緯で自宅へ帰り着いているのかも気になる。

「大丈夫って……何がですか？」

　メグは心底不思議そうに聞き返してきた。その顔には、少し呆れすら浮かんでいる。

　まるで自分がおかしなことを聞いたような気分になったが、それでも尋ねるのをやめるわけにはいかなかった。

「何がって……昨日の舞踏会のとき、外が大変なことになってたじゃない。それで、あなたとはぐれちゃって……」

「舞踏会？　お嬢様、何を寝ぼけてらっしゃるんですか！　まだシーズンじゃありませんし、何よりお嬢様は今は社交界のことよりも勉学が第一でしょう？」

「勉学……？」

　事態が呑み込めずにいると、メグが怒った表情をしてみせた。そんなことをしたところでおっとり者の彼女の顔は怖くないのだが、自分が怒られる発言をしたのは理解できた。

「何かおかしな夢でも見たのでしょう？　でも、起きたからにはお支度をしていただきますよ。着替えて朝食を摂ったら、もう馬車に乗らないと。ただでさえ学校の前の道は混むのですから」

「わっ」

いつまでも寝台から立ち上がろうとしないリーゼルに焦れて、メグは無理やり手を引いて立ち上がらせた。彼女の起こし方は強引だ。特に、学校へ通っていたときはそうだった。

「お嬢様はいつまで経ってもお寝坊さんなんですから。こんなことでは、学校を卒業してから先のことが思いやられます」

メグはリーゼルを鏡台の前に座らせると、小言を言いながら髪を梳いてくれる。

彼女は、リーゼルが魔法学校に入ることには反対だったのだ。もちろん、リーゼルのためを思って。

貴族の令嬢は大体十六歳になると社交界に顔を出すようになり、ほとんどの者が三年目の社交シーズンが終わるまでには伴侶を見つけるものだ。

だが、魔法学校に入学するのは十五歳で、卒業するのは十八歳だから、必然的に社交界デビューが遅くなってしまう。

メグは出だしが遅くなったことでリーゼルが伴侶を見つけるのに不利になるのではないかと、心配してくれているのである。

だからこそ、魔法学校へ行くのなら精一杯の成果を残してくれないと困ると言って、少しでも身が入っていない姿を見せると小言を言うのだ。

(懐かしい……というより、時間が戻ってるの？)

ようやく状況が飲み込めてきて、リーゼルはひとつの可能性に行き当たった。

さすがに、昨夜の出来事で屋敷もメグたちも無事だったとは考えにくい。

それに何より、彼女がリーゼルを学校へ送り出そうとしているのだ。

ということはつまり、時間が昨夜の惨劇よりかなり前に戻っているということだろう。

もしくはこれは、死後に見ている都合のいい夢なのか。

「お嬢様、そういえば課題は終わりましたか？　昨夜は遅くまで起きてらしたようですけれど」

メグは梳いた髪を器用に編み込み、結い上げながら尋ねてくる。おっとり者ではあるものの、彼女の仕事は確かだ。

「えっと……どうだったかしら」

リーゼルにとって昨夜とは、あの惨劇のことである。だから、課題が終わったかと聞かれても、メグが言うところの〝昨夜〟の記憶がないから答えようがなかった。

「……今朝はいつにも増してぼんやりしてらっしゃいますね。熱でもあるのかしら」

「だ、大丈夫よ！　元気！　それに今思い出したけれど、課題だってばっちりよ！　あとは提出するだけ」

「それなら、いいですけれど……」

メグが訝るように額に触れてきたから、休むよう言われてはかなわないと、リーゼルは慌てて取り繕った。

これが夢ではなく、時間が巻き戻っているのだとしたら、いつ頃まで戻っているのか把握する必要がある。

そのためにも、学校へ行くことが何よりだと判断したのだ。だから体調不良だと思われて、休ませられたら困ってしまう。

メグに少しでも疑われてはいけないと、リーゼルは朝食もしっかり摂って、元気よく馬車に乗り込んだ。

長い渋滞の間、車窓から見える景色とメグの愚痴めいた話に耳を傾けることで、今が大体初春なのがわかった。

そしてそれは、一限目の講義に出席したことで、よりはっきりする。

「今回提出した題目で、研究テーマの決定となる。各自、よく考えて研究計画書の作成に当たったはずではありますが、立ち止まってもう一度考え直せる最後の機会でもあります。ですので、計画書が完成していない者は、教員を頼って不明点や不足を解消して研究の準備に入ってください」

壇上で教師が何だか疲れ果てた様子で言うのを聞いて、リーゼルは今が卒業まであと三ヶ月しかない時期なのだと気がついた。というより、思い出した。

教師がくたびれているのは昨晩遅くまで研究計画書を完成させるために泣きついてきた生徒の相手をしていたからだというのも思い出したし、数日前に自分もお世話になっていた記憶が蘇る。

魔法学校は入学して三年で大体の者が学びの課程を修了する。何か特別にやりたいことと資金を得られた者は学び舎に残って研究を続けるが、ほとんどの生徒にとってここは通過点だ。何より、残ることが難しい。

とはいえ、通過点だから適当にやるというわけにもいかず、ここでの学びの集大成として何らかの研究に取り組み、それを論文にして提出するのが習わしだ。

貴族出身の生徒にとっては箔がつくいい機会だし、平民出身の者にとっては今後の進路を決定する大事なものである。

この国は、魔法の発達以前には貧しく、産業も発展していなかったため、他の国より魔法に対する畏怖と尊敬の念が強い。そして、すべての者が魔法を使えるわけでもないから、素養があった者たちは魔法によって成り上がれるのではないかという期待を身分を問わず持っている。

というわけで生徒たちも気合いが入るぶん、教師たちはボロボロになろうとも向き合わざるを得ない。

直前まで怠けていたというわけではなく、さんざん迷ってテーマが決まらないという場合も大いにあるため、教師たちは誰も泣きついてくる生徒を無下にはできないのだ。

「リーゼルさんの研究計画書、しっかりできてる。やっぱり徹夜した？」

「う、うん……」

隣に座っている友人のエッダに問われ、リーゼルは苦笑した。

手元にある計画書は、彼女の言うとおり完璧だ。だが、それを完成させたのは随分前の記憶である。

どうやら本当に時間が巻き戻っているようだが、戻った地点が数日前でなくてよかったとほっとしていた。もし数日前に戻っていたのなら、泣きながら未完成の計画書を手に登校しなければならなかっただろう。

「何のテーマにしたの？　やっぱり薬草のこと？」

「ええ。『土壌と与える肥料を変えることによって、含まれる成分と薬効にどのような変化が生まれるのか』という内容にしようと思って」

リーゼルは手元の計画書に視線を落として言う。かなり力を入れて作ったから、その内容はまだ覚えていた。

卒業したあと、リーゼルは魔法に触れる機会をなくしてしまった。貴族の令嬢としては、それが普通だ。

将来の伴侶を得るため、卒業後は社交界に顔を出すのが主になった。長子であるリーゼルが婿を取らなければ家は存続できないから、仕方がないのはわかっている。そもそもそんな状態でありながら、三年間も学びの機会を与えられたことが幸運だったのだ。

それでも、魔法から離れて暮らすのは寂しかった。だから、こうして時間が戻って、再び魔法に触れられるのが嬉しい。

「地道ねぇ。でも、リーゼルさんっぽくていいと思う」

「そういうエッダは……『箒の材質を変えることによる瞬発力と持続力の変化の比較』？　何だかすごいわね」

手元にある計画書の表題を読み上げると、彼女は得意げに笑った。

「いいでしょ？　私、やっぱり箒で飛ぶのは速さが大事だと思うの。もっと速く飛べる箒を作れたら、世の中の役に立つと思うのよね。というより、みんな箒の持つ可能性を軽んじすぎ！」

飛行魔法を愛するエッダは、自身の研究のテーマについて熱弁した。そういえば彼女は座学よりも実践が得意で、卒論も自身の持ち味を活かしたものにしていたと思い出した。

だが、材料の調達に苦戦して、掲げていたテーマの半分も達成できなかったと嘆いていた。平民出身の者にとっては、卒論にお金をかけられないという切ない事情があるのだ。

せっかく面白そうで有意義なテーマなのに、金銭面の問題ゆえに完成度が落ちるのはもったいないとリーゼルは感じていた。

といっても、何かしてあげられることは特にないわけたが。

「もし箒の材料に困るようなことがあったら言ってね。私、卒論のテーマの関係で植物園に出入りしてるし、他の人よりちょっぴり植物に詳しい自負があるから」

気がつくとリーゼルは、そんなことを言っていた。

卒論を提出したあと、思うような成果を上げられなかったと嘆いていたエッダの姿を思い出したのだ。せっかくこうして時間が巻き戻ったのなら、戻る前にした後悔をもう一度繰り返したくなどない。

「いいの？　やったー！　それなら、お言葉に甘えちゃお。その代わり、とびきりの箒を完成させて、リーゼルさんのピンチのときに駆けつけるから」

リーゼルの申し出に、エッダはとても嬉しそうにした。

（せっかく時間が巻き戻ったのなら、〝昨夜〟を繰り返さないためにできることをしないと……）

エッダの笑顔を見て、リーゼルは昨夜のことを思い出していた。

身震いするほどの恐ろしい光景だった。昨夜の惨劇により世界は、きっと滅びてしまった。そしてリーゼルは命を落とし、おそらく多くの友人・知人も亡くなったに違いない。その中に、卒業以来会うことはなくなったエッダも含まれているだろう。

そんなことを考えると、リーゼルの中に俄然使命感のようなものが湧く。

なぜ時間が戻ったのかはわからない。そして、そのことを知覚しているのはたぶんリーゼルだけだ。

それならば、どうにかできるのもきっと、リーゼルだけなのだろう。

（……どうにかしないといけないのは、わかるんだけど）

使命感に駆り立てられたリーゼルだったが、特に何か算段があったわけではない。ただ、元凶には会わなければいけないと思っていた。

カールハインツ・デットマー。

リーゼルの秘かな想い人にして、昨夜世界を滅ぼした男。

さながら物語に出てくる魔王のような姿になっていた彼のことを思い出すと、胸が苦しくなった。

時間が戻っている今なら、ああなる前の彼を見ることができる。

だが、忘れていたのだ。ただの生徒であるリーゼルと、特別待遇の研究生であるカールハインツに、特に接点などなかったことを。

ぶらぶらしているだけで会えるはずもなく、気がつけば放課後だった。

迎えの馬車が来れば、もう帰らなくてはならない。

また明日以降頑張ればいいかとも考えるが、本当にそれでいいのかという不安が頭をもたげてくる。

エッダだけでなく、他の友人たちにも会った。先生たちにも。久しぶりに会った感覚がして妙にそわそわしてしまったが、彼らにとっては昨日ぶりだ。

卒業後、顔を合わせることがなくなっても、当たり前に続いていくと思っていた彼らの日常と人生。それが〝昨夜〟、失われたのだ。

そのことを思うと、明日以降でもいいなどと悠長には考えられなくなった。

とはいえ、具体的な策は何も浮かばないまま、せめて卒論の準備を少しくらい進めようかと、リーゼルは植物園に足を運んでいた。時が戻る前の世界では、少しのんびり構えすぎていたせいで、卒論に必要な植物の育成が不十分だったのを思い出したのだ。

幸い、許可がなくとも出入りを許されているため、思い立ってすぐに訪れることができた。といっても、他の人たちには興味を持たれていないのか、リーゼルの他に植物園を訪れる人はあまりいない。そのせいか、入学当初は荒れ果てていた。

だからこそ、ここで彼とばったり出くわすこともあったのだろうが。

「あ……」

エッダの箒の材料になりそうなものを見ておこうと、普段は行かない奥まった場所へと足を伸ばすと、そこに彼はいた。

着古したローブを無造作に纏った、長身の男性。癖のない黒髪はかろうじて櫛(くし)を通してはいそうだが、整えられておらず、好き勝手に伸びている印象がある。

後ろ姿を見ただけでも、それが探し求めていた彼のものだとわかった。

これまで幾度となくこっそり盗み見た、憧れの人の後ろ姿だったから。

「……デットマー先輩」

思わず、その名前を口にしてしまっていた。呼びかけたのではない。ただ、口をついて出てしまっただけ。

だが、人気のない植物園の中で思いのほかその声は響き、本人の耳に届いてしまったらしい。

「君は……フライベルクくんじゃないか」

無造作な髪とローブを揺らして、カールハインツが振り返った。たったそれだけで絵になるほどの、圧倒的な美貌。

射抜くような鋭い視線が、リーゼルだと気づいた途端少し柔らかになるのを見逃さずにすんだ。そんな些細なことですら嬉しくて、リーゼルの胸は高鳴った。

「す、すみません……突然騒がしくしてしまって……その、お声がけしたというより、先輩がいたのに気がついて、ついお名前を呼んでしまっただけなので……」

わざわざ振り返らせたことを詫びなければと思ったが、唐突に涙が溢れてきてしまった。

理由はわかっている。昨夜のことを思い出していたのだ。

変わり果てたカールハインツが世界を壊すのを目の当たりにし、自身も命を落としたことを。

死にゆく最中、リーゼルは深く後悔していた。もっと彼と関わればよかったと。もっと彼を知る努力をすればよかったと。

あのとき感じた強烈な後悔が今まさに蘇り、それが涙となって溢れ出た。

「フライベルクくん、どうしたんだ？　何か嫌なことがあって、ここへはこっそり泣きにしたのか？」

リーゼルの涙を目の当たりにして、カールハインツが少し慌てているのがわかった。氷の魔道士などと呼ばれているが、こんなふうに彼にはきちんと血が通っているのだ。

というより、リーゼルは彼が優しいことを知っている。だからこそ、そんな優しい人に無用な心配をかけているのが申し訳なくて、急いで首を振る。

「もしかして、研究計画書を出したことで卒業を強く意識してしまって、それで悲しくなったのか？」

涙の理由を知りたいと思ってくれているらしい。少し離れた場所にいたカールハインツは、そっと近づいてきて窺うようにリーゼルの顔を覗き込んだ。

長めの前髪の向こうから、灰青色の美しい瞳が見つめてくる。

こんな距離で男性と見つめ合うことなどあるわけがなく、おまけに相手は憧れの人だ。

緊張と喜びでおかしくなってしまったリーゼルは、悩んだ末に頷いて、それでは不足があると気づいて慌てて口を開いた。

「……卒業したら、もう先輩に会えなくなるんだって思ったら……それで……」

もっと上手に伝えたかったのに、うまく言葉にならなかった。おまけに涙は止まらず、つっかえながらでないと言葉は出てこない。

こんなことを言ったら余計に困らせるだけだと、口にしてから気がついた。カールハインツは、返答に詰まっていた。

「それはつまり……私との別れが惜しくて泣いているのか？　泣くほど、私との別れがつらいのか？」

声に呆れはにじんでいないが、戸惑っているのは十分伝わってきた。

大して接点があるわけではない後輩に勝手に寂しがられたら、戸惑うのも無理はないというものだ。

「そ、そうです……」

「そんな、まさか……」

頷くリーゼルに、またも彼は言葉を失った。もしかすると気味悪がられているのかもしれない。そう思うと、先ほどとは違う理由で顔が熱くなるような気がした。

カールハインツは、戸惑うように目を伏せたり、じっとリーゼルを見つめたり、落ち着かない様子だ。リーゼルの言葉の意味を思いあぐねているようだ。

こんなふうに悩ませてしまうなんて思っていなくて、リーゼルは自分の浅はかさが嫌になっ

た。

「……つまり、私のことを慕っていると？　離れがたく思っていると？」

しばしの沈黙のあと、カールハインツは探るように尋ねてきた。きっと、適切な尋ね方がわからなかったのだろう。

もしくは、言い逃れさせずはっきり口にさせたかったのかもしれない。リーゼルの口から明確に「あなたが好き」と言わせたら、断りようもあるだろうから。

退路を断たれようとしているのがわかって、リーゼルは怖じ気(おけ)づきそうになった。

勝手に思っているだけでいいのだ。告白なんて、一生するつもりはなかった。

だが、そんな逃げ腰ではまた同じ〝昨夜〟を繰り返してしまうかもしれないと、覚悟を決める。

「……そうです。私、ずっと先輩に憧れてて……実は昨日、夢を見たんです。夢の中で先輩と会えなくなっていて、すごく後悔して、泣きながら起きたんです。だから、卒業までにもっと仲良くなりたいと思って、それで……」

思いきって言ってしまうと、涙がさらに溢れてきてしまった。

覚悟を決めて伝えたのはいいが、もしかしたらこれが何かを変えてしまうかもしれないと言ってから気がついたのだ。

リーゼルの想いは、恋と呼ぶのもきっとおこがましい、憧れの気持ちだ。彼のことをよく知りもせず、勝手に抱いていただけの気持ち。勝手に憧れ、勝手に好意を寄せ、そして勝手に後悔した。

その後悔は、〝昨夜〟あんなふうにカールハインツが世界を滅ぼさなければ、変わり果てた彼の姿を目にしなければ、抱くことなどなかったはずのものだ。

そんな身勝手な気持ちで思いの丈を打ち明けられても、きっと彼も困ってしまうだろう。

直接的な愛の言葉ではなかったとしても、告白したも同然だ。大それたことをしてしまったという興奮と、今から彼にふられるかもしれない恐怖に、リーゼルは体が熱くなるのと冷たくなるのを同時に感じるような、そんな奇妙な感覚に陥っていた。

だが、彼が取った行動は思いもかけないものだった。

「まさか君がそんなに私を好いてくれたなんて……女性の口からそのようなことを言わせてしまい、すまない」

「え……」

信じられないことに、彼はリーゼルの言葉を好意的に受け取ってくれたらしい。しかも、かなり斜め上の方向に。

リーゼルの気持ちに応えようと、彼は何と突然、抱きしめてきたのだ。

「泣かないでくれ……君に泣かれると、何だかとても落ち着かない気分になるな。君には、笑顔でいてほしいんだ」

「すみません。……ちゃんと、泣き止みますので」

「いや、いい……他の人に君の涙を見せるより、今ここで泣かれたほうがずっといい」

なだめるように優しく言いながら、カールハインツは背中を撫でてくれた。ローブ越しに、こわごわとためらいながら手を動かしてくれているのがわかる。その手から感じられるためらいが、彼の優しさやリーゼルへの想いのように感じられる。

彼の真意はわからないが、どうやら拒絶はされていないらしい。そのことに甘えて、リーゼルはしばらくそのまま抱きしめられていた。

もしかしたら、こんなことは二度とないかもしれないから。こうして抱きしめられている今も、これは夢ではないかと思っている。

だが、夢みたいな出来事は、それだけでは終わらなかった。

「そんなに離れがたく思ってくれているのなら、その……」

カールハインツが、何かを言おうとした。だが、よほど言いにくいことなのか、続きの言葉がなかなか出てこない。

一体どんな言葉が続くのかわからなくて、リーゼルは緊張した。拒絶されることはないとは思いたいが、経験がなさすぎてどんなことを言われるのかも見当がつかない。

わからなすぎて怖くなって、また呼吸が乱れてしまった。しゃくりあげるリーゼルの背中を、彼は優しく撫でてくれる。

「もうこんなふうに、寂しさが理由で君が泣くようなことがないようにしたい。だから……結婚しよう」

「え？」

リーゼルが涙が収まるのをじっと待っていると、唐突にカールハインツが言った。

何かの冗談かと思って顔を上げると、真剣な表情の彼と目が合った。どうやら、冗談を言っているわけではなさそうだ。

「私が君のものになったのなら、もう泣かなくて済むだろう？」

「先輩が、私のものに……？」

理解が追いつかないでいると、カールハインツは抱きしめていた腕をほどき、今度はリーゼルの前に跪（ひざまず）いた。それから、恭しくリーゼルの手を取る。

「君は、フライベルク伯爵家の長子だったな。つまり、婿養子を取る必要がある立場だ。対して私は、デットマー伯爵家の次男で、伯爵家に婿入りするのに不足はない出自だと思う」

「えっと……」

「それでももし、君の家の方々に反対されるというのなら、駆け落ちしたっていい。幸い私には研究があり、君に不自由させないほどの稼ぎはあるし、もしも貴族社会に身を置きたいというのなら、爵位を賜ることも考えよう。君の夫として、君が望むものを手に入れる覚悟も力量もある」

手の甲に口づけられ、どうやら求婚されているらしいとわかった。信じられないことに、リーゼルの言葉を好意的にとらえた彼は、思いに応えるために結婚しようと言っているのだ。

緑豊かな植物園の中、憧れていた男性が自分の前で跪いている。

それだけでなく、手の甲に口づけて、少し切なげに眉根を寄せてこちらを見上げてきているのだ。

ただでさえずっとうるさかったリーゼルの心臓は、またさらに鼓動を速めた。

ここで「はい」と返事をすれば、本当に彼は自分のものになるのだろうか。これはやはり夢で、目覚めたら現実に引き戻されるのではないかと、そんな気持ちになる。

(これが夢なら、現実は昨夜の……滅びた世界ということになる。……そんなの、嫌だわ)

こっそり手のひらに爪を立て、痛みがあることを確かめる。痛いのだから、きっとこれが現実だ。

たとえ、憧れの人に求婚されたという夢みたいな出来事が起きていたとしても。

それに〝昨夜〟の出来事だって、夢みたいなものだ。

悪夢と夢みたいな夢なら、後者を選びたい――そう思って、リーゼルは頷いた。

「……先輩さえよろしければ、私、先輩とずっと一緒にいたいです」

本当はもっとほかに伝えたい言葉はあった。気の利いたことも言いたかった。だが、憧れの人を前にして、〝昨夜〟もう二度と会えないと後悔した想い人を前にして、うまく言葉が紡げなかった。

「それはつまり……求婚を受けてくれると？」

「はい」

リーゼルが再び頷けば、カールハインツは満面の笑みで立ち上がった。それから落ち着かない様子でしばらく近くをウロウロしたあと、リーゼルのもとへ戻ってきてその手を握る。

日頃の〝氷の魔道士〟と称される彼からは、想像もつかない姿だ。

リーゼルは今この瞬間まで、彼がわかりやすい笑顔を浮かべることも、こんなふうに落ち着きをなくしてしまうことも知らずにいたのだから。

そのくらい彼が喜んでくれているのがわかって、リーゼルも嬉しくなる。

時が戻る前のようにただ遠くから見ているだけでなく、もっと彼に近づきたいと思っただけなのに求婚されてしまったのは全くの予想外ではあったが、嬉しくないわけがない。

「そういうことなら、善は急げだな。フライベルクくん、君のお父様はもう領地にお戻りか？　それとも、まだ王都にいる？」

「先週、領地に戻りました」

「わかった。それなら手紙を書いて今すぐ出そう。私の研究室へ行くからついてきてくれるかい？」

「は、はい」

まだ喜びの中にいてふわふわしているリーゼルとは違い、カールハインツはもう次のことを考え始めているらしい。

一般的に貴族同士の結婚は、まず相手の家の当主に許可を得ることから始まる。本人同士が同意していたとしても、当主の許可がなければ結婚できない。

だから、カールハインツはリーゼルの父にお伺いを立てようというのだろう。

植物園を出て、図書館や教師たちの研究室が設けられている通称〝研究塔〟へと歩いていくと、彼は懐から鍵を取り出し、それを何の変哲もない壁に差し込んだ。

カチャリとした音がしたかと思うと、壁だと思っていた部分が扉となり、招き入れるように開いた。

「隠し通路ですか……?」

「いや。この鍵が特殊でね……近道をするときに適当な壁に差し込んで使うんだ。昔、古い文献で読んで気になったから作ってみて、今みたいに急いでいるときに使っている」

「そうですか……」

この学校の重要な秘密に触れたのかと思って焦ったが、彼の回答はそれよりもさらにすごいものだった。適当な壁を入り口に変えてしまう鍵だなんて、聞いたことはない。おそらく、今はもう失われてしまった魔法なのだろう。

そんなものを見せつけられて驚きつつも、リーゼルは彼に続いて扉の奥へと進んだ。

「人を招くことは考えていなかったから汚いが、適当に座っていてくれ。手紙を書いたら、すぐに届けさせるよ」

「わかりました」

カールハインツの研究室は、足の踏み場もないほどたくさんの書物や何かを書き散らした紙が散乱していた。雑然としているが、汚いという印象はない。彼なりの秩序がある部屋なのだろうなと感じられた。

彼は机の上に積んであった書物を端へ片すと、抽斗(ひきだし)をいくつか開け、便箋を探し出した。そして、ペンに語りかける。

「結婚の許可を求める手紙を書いてほしい。あまり堅苦しくなく、かといって馴(な)れ馴(な)れしいとは思われない文体で。突然の手紙であることを詫びつつ、わりと早めに訪問したい旨もうまく盛り込めるか？」

カールハインツがペンに話しかけると、彼の手からするりと抜け出したそれは、便箋の上を滑るように動き始める。

「自立型のペン……これも、古い魔法具ですか？」

「これは蚤(のみ)の市(いち)で見つけた掘り出し物だよ。勝手に文字を書き散らす呪われたペンだっていって、叩(たた)き売(う)られてたのが面白くて買ったんだ。魔法で動いているわけではないんだが、こうして頼めばある程度何でも書いてくれる、頼もしい相棒なんだ」

「へぇ……」

魔法具ではないのにひとりでに動くだなんて危険ではないのかと思ったが、彼が嬉しそうに言うから黙っておいた。何より、悩みながら懸命に手紙を書くペンの姿を見ていると、悪く言うのも違う気がしてきたのだ。何といっても、リーゼルとの結婚の許可を求める手紙を書いてくれているのだから。

「よし、書けたな。内容も申し分ない。では早速、フライベルク家に届けさせよう」

ペンが手紙を書き終えると、それをカールハインツは検分するように目を通した。それから封筒に入れ、封蝋をし、抽斗の奥から何かを取り出す。

それは、金属でできた虫のような姿をしたものだった。蜂に似ている。

「久しぶりに使うから、無事に動くといいのだが。手紙などめったに書かないからな」

「それは……何ですか?」

「伝書蜂だ。高価なわりに長い手紙は送れないからあまり流行らなかったが、昔話題になった魔法具なんだ。これは、私が自分で改良を施して作ったもので、封書一通くらいなら持たせられる」

リーゼルに説明しながら、彼は蜂の脚に封筒を掴ませた。器用に手紙を掴んだ蜂は、薄い金属でできた翅を震わせる。

「君の家の住所をそいつに教えてやってくれるか?」

「え、はい」

カールハインツに指示され、リーゼルは目の前に飛んできた蜂にフライベルク家の屋敷がある場所を教えた。すると蜂は彼が開けてやった窓から、静かに飛び立っていった。

「……届けさせるって、その蜂にだったんですね」

リーゼルにとって手紙とは、使用人がまとめて配達会社に持っていってくれるものだ。もしくは、より私的な手紙であれば使用人自ら相手の家に届けて、返事ももらって帰ってこさせるものである。

「私は貴族の出身といっても、身の回りの世話をする者を置いていない。だから、必然的にあいった道具に頼らざるを得ないんだ。それに、私はこういった道具が好きでね」

そう言って、カールハインツははにかんだ。趣味のことを話すその少年のような姿に、リーゼルは思わずときめいた。

これまで完全無欠の優秀な魔法使いだと思っていた彼に、変わった道具を好む趣味があったと知れたのがすごく嬉しい。この短時間の中で、彼のことをたくさん知ることができた。

「あ……呼び出し石が光っている。メグだわ」

リーゼルのローブのポケットの中が光っていた。その中には、手のひらに載るほどの石が入っていて、それが光っているのだ。

対になる石を持っていることで相手と距離が近ければこうして光って知らせてくれるという、

簡易的な魔法具だ。

「誰かから呼ばれているのか？」

「メイドが馬車で迎えに来たときに、これで知らせてくれるんです」

「そうか……フライベルクくんは寮ではなく自宅から通っているのだったか」

帰る素振りを見せたリーゼルに、カールハインツは少し寂しそうな顔をした。こんな顔をすることも、これまで知らなかった。

それを見てキュンとするとともに、不安になった。

こんなに幸せなことが起きているのは、夢ではないかと。あるいは、今夜眠って目が覚めたら、また時間が戻ってしまうのではないかと。

ただでさえ離れがたいのに、そんなことを考えるとさらに不安で離れたくなくなる。

だが、〝昨夜〟のことを彼に打ち明けるわけにはいかないし、帰らないと駄々をこねるわけにもいかない。

「……明日も、また会いに来ていいですか？」

リーゼルは、さんざん迷ってそう言った。すると彼は、優しく微笑んで頷く。

「当然だ。毎日、いつでも来てくれていい。……いきなり求婚してしまったが、これからは恋人として過ごす時間を持つべきだろうから」

「はい」

「それじゃあ、また明日」

「……はい、また明日」

何ということはないやりとりだ。だが、そのささやかなやりとりに、リーゼルは胸がいっぱいになる。

その幸福感を噛（か）みしめながら、カールハインツの研究室を後にする。

彼が特殊な近道を教えてくれたから、馬車を待たせている校舎の裏手にはすぐに到着することができた。その近道こそ学校の秘密なのだろうが、喜びでいっぱいのリーゼルはそんなことには気がつかない。

「お嬢様、遅かったですね？　何かありましたか？」

馬車のそばで待っていたメグが、気遣うように尋ねてきた。

リーゼルは誰かとこの喜びを分かち合いたくて落ち着かない気持ちになるものの、どうにか落ち着こうとする。

「実はね、大変なことが起きて」

「もしかして、課題を忘れて先生にお叱りを受けていたのですか？」

リーゼルの今朝の様子を覚えているからか、メグはやや呆れたような表情で問うてくる。

「ち、違うわ。そうじゃなくて、求婚されたの」

「先生に？」

「いいえ、憧れの先輩に……ばったり会ったら、流れでそうなっていて」

メグが混乱しているのがわかって、リーゼルは順を追って説明することにした。

ずっと憧れていた先輩がいたこと。昨夜見た夢で、その先輩と二度と会えなくなって悲しかったこと。今日ばったり会ったときにそれを思い出して泣いてしまったこと。先輩に涙の理由を話したら、「そんなに離れがたいのなら結婚しよう」と求婚されたこと。

「え……そんな物語みたいな急展開あります？　物語でも、そこまで展開が早いことなんてないでしょ」

「そうよね……本当に、物語みたいで……」

驚くメグの言葉に、リーゼルもしみじみ同意した。こうして誰かに話してみると、信じられないという気持ちがまた強まってくる。

「それで、どなたに求婚されたのですか？」

「カールハインツ・デットマーという方よ」

「デットマー伯爵家の？　魔法界の寵児だとか呼ばれている？　え？　お嬢様、それって一大事じゃないですか！」

お相手が誰なのかわかって、ようやくメグは事態が呑み込めたようだ。「大変大変」と言いながら、リーゼルを馬車に乗せる。

「魔法界の寵児となら、確かに接点はありましたね！　現実味が増しました。せっかく社交界デビューを遅らせて魔法学校に通っているのですから、とびきりの伴侶を見つけてくるくらいのことはしてくださると信じてました！」

やる気になったらしいメグは、目を輝かせて言う。それから、あれやこれやと頭を巡らせ始めたようだ。

「求婚されたということは、当然お相手は旦那様に連絡してくれているのですよね？　それならよし。それでは、邸に帰ったら使用人を領地へ走らせて奥様にも連絡を取りましょう。お嬢様のドレスなどのお支度がありますからね。こちらでやれることはもうやっておかなくては」

メグの頭の中は、もう週末のことでいっぱいになっている。リーゼルの結婚は、ずっと彼女の望んでいたことだから仕方がない。

彼女の夢は、いずれリーゼルの侍女――つまり女主人に仕えるメイドになることだ。そのためには、リーゼルには結婚してもらわなくてはならない。

「結婚が人生のすべてだなんて言うつもりはありませんし、お嬢様が好きなことをするのも応援して差し上げたいのですが、やはり結婚のことはずっと心配だったので……嬉しいです」

「メグったら……」

ひとしきり興奮して落ち着くと、メグは感極まったように目を潤ませた。

リーゼルの結婚にはフライベルク家の存続がかかっているのもあるだろうが、それ以上にリーゼルのことを思って心配してくれていたのだろう。

リーゼルが子供部屋を卒業するのに合わせて、彼女はリーゼル付きのメイドとして雇われた。それ以来の付き合いだから、リーゼルのことをよくわかってくれているし、大事にしてくれているのも伝わってくる。

出世欲のようなことを口にするが、ようは侍女になりたいというのは、ずっとリーゼルと一緒にいたいということだ。それを叶えてやれそうで、リーゼルも改めて嬉しくなる。

「お嬢様は可愛らしい方なので、卒業後に社交界デビューすれば、おそらくお相手を見つけるのに時間はかからなかったと思います。でも、在学中に良いご縁があってよかったと私は思っているのですよ」

走る馬車の中、メグはしんみりとして言った。

「それは、どうして？」

「少なからず想いがあるということではありませんか。政略結婚ではなく、お嬢様が憧れの方と結婚できるのは良いことです。だから、張り切ってお支度をしましょうね！」

気合いを入れ直したように言うメグに、リーゼルも頷いた。

彼女の言うように、あまりにも急展開だ。驚きはあるが、うまくいっているという手応えもある。

〝昨夜〟の惨劇を避けるためには、時が戻る前とは異なることをするべきなのだ。特に、カールハインツに関することは。

彼を孤独にしないこと、魔法の研究に傾倒させすぎないこと。おそらくこの二つを守れれば、世界を滅ぼすのは避けられるはずだ。

（何だかめまぐるしいけれど、まずはここからだわ。週末のお父様と先輩の顔合わせを必ず成功させ、無事に婚約しなくちゃ）

メグの気合いにあてられたようになり、リーゼルも気合いを新たにした。

それから、予想以上に忙しく過ごすことになった。

メグ主導で大急ぎでドレスの手配が行われ、邸の掃除が行われた。そのために、領地から応援のために使用人たちが駆けつけた。

それだけでなく、両親たちもやってきた。

リーゼルはてっきり週末に領地へと帰り、そこでカールハインツと顔を合わせると思っていたのに、両親のほうから王都の町屋敷にやってきた。彼ら曰く、いてもたってもいられなかったそうだ。

まさかリーゼルが在学中に求婚されるとは思っていなかったし、何より相手がデットマー家の者だなんて想像もつかなかったと。

父に聞かされるまで知らなかったが、フライベルク家もデットマー家も同じ伯爵家ではあるが、デットマー家のほうが格が上なのだという。何でも、デットマー家のほうが古くから続いているらしい。

いくらカールハインツが次男とはいえ、そういった格は大事にすべきだというのが父の意見だった。

だが、それがあくまで建前だというのは、リーゼルもすぐに気がついた。

「魔法界の寵児って……一体どんな方が来るのだろうな」

フライベルク家の町屋敷の応接室で、リーゼルの父は緊張に震えていた。約束の時間までまだあるというのに、落ち着かず待機しているのだ。

昨夜何度も脳内で〝予行演習〟をしたと言っていたが、あまり意味はなかったようだ。

父の言葉からもわかるように、両親が気にしているのは家格の違いではない。ついでにいうと、カールハインツがデットマー家の人間だということでもない。

両親は明らかに、カールハインツが〝魔法界の寵児〟と呼ばれている部分を気にしている。

というより、恐れているのだろう。

リーゼルの両親には魔法の素養はない。だから、彼らにとって身近な魔道士はリーゼルのみなのだ。

それでも、この国で暮らす以上は魔法の恩恵を受けて暮らしているから、使えなくても、理解できなくても、漠然と魔法をすごいものだと思っている。

そのすごい魔法を使う魔道士たちの中でさらに〝寵児〟などと評されるカールハインツは、

両親にとっては理解を超える未知の存在ということだ。

だから、領地という自分たちの懐に迎え入れることはせず、自ら出向くことを選んだのだろう。

それを頭でわかりつつも、リーゼルは何となく悲しくなってしまった。ここでも、カールハインツの孤独の一端に触れてしまったような気がしたから。

「どんな方って、そうね……とても聡明な方で、冷たく見られるけれど実は優しくて、大人に見えるけれど魔法具のことを話すときは子どもみたいで無邪気で……」

まだ会ってもいないのに父たちがカールハインツを怖がっているのが嫌で、リーゼルは彼について話そうとした。だが、彼のことが好きなのに、まだ語れるほど彼のことを知らないのに気づいてしまう。

それでも、母はそんなリーゼルの言葉に興味を持ったようだ。

「リーゼルは、彼のことが好きなのね。親しくなるきっかけは何だったの？」

母は父とは違い、そこまで緊張していないようだ。いつもよりピリッとした雰囲気ではあるが、来客があるときはこんなものだ。

「きっかけは……魔法薬学の課題に必要な素材を揃えるのに苦戦していたときに、助けてもらったことなの」

リーゼルは、当時のことを思い出していた。

それは、まだ魔法学校に入学して間もない頃のこと。

課題をこなすのに不慣れで、リーゼルは教師からあらかじめ与えられていた素材をだめにしてしまったのだ。どうにか素材を調達しなければ課題を提出できない。そのために向かったのが、人が近づかないと言われていた植物園だった。

薬草はすぐに入手できたのだが、問題は虫の調達である。

虫嫌いのリーゼルにとって虫はすべて同じに見える。というより、できることなら見たくない。だから図鑑をじっと見て虫の特徴をよく覚え、植物園で様々な虫の中から必要なものを見つけ出すのは至難だった。

あとから、購買部である程度の課題の材料は揃うと知ったのだが、そのときのリーゼルはそういった知識がまだなかったから必死だった。

泣きそうになりながら当時の荒れ果てていた植物園を駆け回り、髪もローブも草と葉だらけにしてボロボロになっていたところに、カールハインツに声をかけられたのだ。

「そのときのデットマー先輩、本当にびっくりした顔をしたの。『こんなところに人がいるとは思わなかった。何年も生徒はおろか、教師も近づかない場所だったからな』って」

美しい人の顔に驚愕の表情が浮かんでいたのを思い出し、リーゼルはうっとりする。父の「人々に恐れられている人物の縄張りに入り込む我が娘、恐ろしいな……」という呟きは耳に入らない。

「『どうしたのか』って声をかけられて、事情を説明したら必要だった虫を捕まえてくれて、『この虫は乾燥させないと薬にできない』って教えてくれた上に魔法で乾燥させてくれたの」

母に促され、リーゼルはカールハインツとの出会いを振り返る。

結局そのあと、せっかく材料を集めたのにまた失敗してはいけないからと、薬をきちんと作れるよう彼が監督してくれたのだ。そしてリーゼルは無事に、課題を提出することができた。

「そのときは親切な先輩と知り合えたなって思っていたんだけど、あとで彼が〝魔法界の寵児〟って呼ばれて敬遠されている存在だって知って……でも、植物園とかで顔を合わせると淡々とではあるけど言葉をかけてくれる、優しくて素敵な人だなってずっと思っていたの」

「そうだったの……素敵な人と出会ったのね」

リーゼルの話を聞いて、母は納得したようだった。父の「その後も縄張りに繰り返し近づくなんて、怖いもの知らずだな……」という呟きは聞こえていない。

「リーゼルが彼のことを好きなのはよくわかったわ。――あなた、そういうわけだから、大丈夫よ」

リーゼルの話を聞き終え、母はそう言って父に微笑んで見せた。先ほどまで纏っていたピリッとした空気すらなくなっている。

「大丈夫とは、何が大丈夫なんだ……？」

「今から訪ねてくるのは〝魔法界の寵児〟ではなく、リーゼルの好きな人よってこと。それだけ知っていればいいわ。彼の人となりは、実際に会ってみればわかるわ」

不安がる父に対し、母は落ち着き払って言う。その態度に、リーゼルは嬉しくなった。

「そ、そうだな……」

母が堂々としたからか、父も腹をくくった様子だ。まだ内心では落ち着いてはいないのだろうが、先ほどよりはそれが顔に出ていない。

そうこうしているうちに、従僕がカールハインツの来訪を告げに応接室を訪れた。

間もなく彼がやってくるのだと思うと、リーゼルの心臓は子兎のように飛び跳ねた。

「ついにいらしたのね！　どうしよう……このドレス、変じゃないかしら？　髪もちゃんと可愛くできている？」

落ち着きをなくしたリーゼルは、立ち上がって自身の姿を慌てて確認しようとした。そんなことをしなくても朝からメグたちが張り切って着替えさせてくれたのだから、おかしいわけがないのに。

母にたしなめられ、渋々長椅子に座り直したところで、執事によってドアが開けられた。

入ってきたカールハインツの姿に、リーゼルは思わず息を呑む。

「本日は、このようにお目通りの機会をいただき、ありがとうございます」

そう言って恭しく礼をする彼は、当然いつものローブ姿ではない。

若き紳士らしく、紺地の礼服に身を包んでいる。日頃無造作そのものな髪は小綺麗に撫でつけられ、美しい灰青色の目がよく見えた。

ローブ姿でも美貌を隠しきれていない人が身なりを整えればどれほど麗しいかを、たった今思い知らされていた。

「あなた、毎日学校で会っているのでしょ？　そんなに見惚れちゃって……」

母に呆れられても、リーゼルはカールハインツを見つめてしまうのをやめられなかった。改めて、彼が魅力的であることを知ってしまったのだから。

見惚れるリーゼルに、カールハインツは優しく微笑む。

「制服姿も愛らしいが、着飾った君は本当に美しいのだな」

「せ、先輩も素敵です……知らない人みたいで、ドキドキしちゃいます」

しばらく見つめ合った二人は、そう言って双方はにかんだ。それを見て、父は酸っぱいものでも食べたかのような顔になっているし、母は「あらあら」と言って笑っている。

「すみません、リーゼル嬢があまりにも可愛くて……今日はお近づきの印に、お渡ししたいものがあったのです」

表情を引き締めたカールハインツが言うと、従僕が荷物を抱えて応接室に入ってきた。ひとつは箱で、もうひとつは花籠だ。

「まずはこちらを、伯爵夫人に。枯れにくくする魔法を施した花です。緩やかに色褪せ、その退色も楽しんでいただけるようにと考えました」

花籠を手にすると、カールハインツはそれをリーゼルの母に捧げた。

「これを、あなたが？」

「はい。まだ研究開発の途中ですが、いずれ多くの人に長く花を愛でてもらう技術として世に広めようかと」

「素敵だわ……きっとね、私くらいの年の頃の女性たちに好まれると思うわ」

「そう言っていただけると心強いです」

かすかに値踏みするようだった母の視線が柔らかくなったのをリーゼルは感じた。おそらく、今の短いやりとりで彼のことを認めたのだろう。

「そしてこちらは、伯爵様へ」

カールハインツは今度は箱を父に差し出した。父はそれを恐る恐る受け取る。

「これは……この前の不思議な絡繰じゃないか。これを、いただけるのか？」

父が箱から取り出したのは、伝書蜂だった。カールハインツが使っていたものよりピカピカなのを見ると、彼が新しく作ったものなのだろう。

「はい。かつて世に出てあまり流行らなかった魔法具を改良したもので、これなら封筒に収まる手紙なら運ぶことができるので、伯爵の仕事に役立てていただけるかと」

「確かに、いいものだと以前見たときに思っていたんだ。だが、使いこなせるかな……」

伝書蜂を手に父は目を輝かせていたが、手放しに喜んではいない。魔法具を使うためにはいろいろしなければならないことがあり、その面倒さもあまり普及しなかった原因と考えられる。

「従来の伝書蜂は定期的に魔道士のもとへ持っていって魔力を補給する必要がありましたが、これは魔法石を交換することで継続して使うことができるように改良してあります」

「それでは、魔法石の管理をしていれば魔道士のところへ行かなくてもずっと使えるのか？　すごいな」

　懸念事項がなくなった途端、父は露骨に嬉しそうにした。こういったものに心ときめくのは、もしかしたら男性たちには共通のことなのかもしれない。父のこの様子を見れば、きっと用もないのに知り合いに手紙をたくさん出すことだろう。

「こんなにいいものをいただいてしまっていいのか……」

「これからご指導いただくことがたくさんあるかと思いまして……何より、私が伯爵と手紙のやりとりをしたいのです」

　素晴らしいものをもらって恐縮するリーゼルの父に、カールハインツはやや控えめに訴える。その言葉を受けて、父が乙女のように胸をときめかせるのをリーゼルは見逃さなかった。

　そして、彼の人心掌握術に内心で舌を巻いていた。

（孤高の人だから、てっきり人嫌いなのかと思っていたのに……）

　リーゼルの予想に反して、カールハインツはかなり人好きのする振る舞いをしていた。今のやりとりだけで、両親は彼に好感を抱いただろう。

「伯爵に差し上げたものと同じ型の伝書蜂を、今度こそ世間に普及させたいのです」

「まあ、これがあればかなり便利になるだろうな。配達人が苦労している遠方への配達も、蜂にならら任せられる」

「それもありますが、この伝書蜂を多くの人に使ってもらえるようになれば、魔法石の需要も増える。そして、フライベルク領では魔法石が採れるんです。今後、領地の産業として計画すれば、かなり潤うかと」

「そうか……なるほどなぁ」

和やかに手紙交換の話をしていたかと思えば、話題は突然フライベルク領の産業についてのものへと移り変わった。

だが、カールハインツの顔を見れば、最初から彼が自身を売り込んでいたことを思い出させられる。今度は彼が、リーゼルの両親を見定めようとしていた。

「私はリーゼル嬢と結婚したい一心で本日こうしてご挨拶に参りましたが、気持ちひとつでリーゼル嬢の伴侶にしてくださいと言いに来たわけではありません。私を婿に迎えていただければ、どれほどのものをもたらせるか――そのことをわかっていただきたく、お話しに来たのです」

にこやかで爽やかな好青年の笑顔のまま、カールハインツは見事に自身を売り込んだ。父はそれに驚いた顔をしていたが、隣に座る母を見れば、彼女はおそらくはじめからわかっていたに違いない。

母の『私くらいの年の頃の女性たちに好まれると思う』という発言は、単なる褒め言葉ではなく、〝商売になる〟という判断を下したものだったのだろう。

「もし結婚の許可をいただけるのなら、リーゼル嬢の、フライベルク家の幸せのために尽力させていただきます。決して損はさせないとお約束しましょう」

そう言ってカールハインツは、リーゼルの両親を見つめた。

彼の優秀さに驚くとともに、この短期間でこれだけの準備をしてきてくれた熱意に、リーゼルは胸打たれていた。

それは両親も同じだったらしく、二人で顔を見合わせると、満足げに頷いた。

「もとより、よほどのことがなければ許可するつもりでいたんだ。娘が好いている相手だからな」

父は威厳たっぷりに言う。カールハインツ到着寸前まで緊張で震えていたのと同じ人物の発言とは思えない。

「好き合っているのなら、結婚させてあげたいと思うのが親心だもの。多少能力に難ありだったとしても、私たちが補佐すればいいくらいに考えていたけれど……そんな心配をしなくていいくらい優秀な方が娘に求婚してくれてよかったわ」

父の言葉を母が補足した。母の様子を見れば、彼のことを本当に気に入ってくれているのがわかる。

「よかった……ありがとうございます」

二人に認めてもらったとわかると、カールハインツはほっとしたように笑った。その反応は年相応の青年らしいもので、リーゼルは可愛いと思ってしまった。また彼の新しい表情を見ることができて、嬉しくなる。

話が無事にまとまったということで、そこからは婚約の手続きの話へと移っていった。

カールハインツはそのあたりも用意周到で、すでに彼自身の実家への許可はとってきているのだと言う。

便宜上デットマーの家名を名乗ってはいるが、デットマー家の人間として扱われてはいないし、扱われる予定もない――それが、彼が端的に自身の立場について説明した内容だった。それはリーゼルの両親も承知していたらしく、特に言及されることなく書類の手続きを進めた。

あとは必要な書類を取りまとめて父が教会に提出すれば、リーゼルとカールハインツの婚約は成立する。

二人はこれで、本当に婚約者となったのだ。

「無事に認めてもらえて、本当によかった」

帰り際、玄関ホールまで見送るとき、カールハインツは安堵が滲む声で言った。

「さすが先輩だなと思いました。ご自分を売り込むのが巧みというか、やっぱり貴族なんだなと」

彼の貴族としての政治力をまざまざと見せつけられ、リーゼルは素直に感心していた。正直に言えば、彼はもっとこういったことが不得手だと思っていたのだ。

人嫌いで世渡りが苦手だからこそ、時が戻る前の世界ではあのようになっていたのだろうと。

だが実際は違っていた。

「褒めてくれるのは嬉しいが、全然そんなことはないんだ。どういったらうまくいくか、ペンに相談に乗ってもらって……」

「ペンに？　あの、ひとりでに動く？」

「そう。そうしたら、ペンが『好かれるための努力をしろ』『その上で相手の家にとって有益な人材であることを示せ』という助言をくれて、それを聞いたらうまくいった感じなんだ。……だめだったら駆け落ちだって、頭の隅で考えてはいたが、無事に認めてもらえてよかった」

彼が今日のために誰かに相談していたというのも、その相手が不思議なペンだというのも、想像すると頬が緩んでしまう。

「デットマー先輩、ありがとうございます。先輩が頑張ってくださったから、両親に婚約を認めてもらえました」

リーゼルがお礼を言うと、カールハインツは目を細めて首を振る。

その目は、愛しいものを見る目だ。柔らかく、優しく細められた目。人が、小さな生き物や子どもを見るときに向ける目。その目が、何よりも雄弁に彼の気持ちを語っていた。

「君の、フライベルク家の家族にしてもらうために、当然のことをしたまでだ。これからも、私は君のためだったら何でもするよ、リーゼル嬢――いや、リーゼル」

優しく微笑んだ彼が、そっとためらいがちに頬に触れた。

名前を呼ばれ、心臓がトクンと跳ねる。呼ばれ慣れている自分の名が、こんなに特別な響きを持つことを、今初めて知った。

「これからは婚約者ですから、私もお名前で呼びますね……カールハインツ、先輩？」

彼にならって思いきって名を呼んでみたが、照れてしまった。だが、それでも彼は嬉しそうにしてくれた。彼が小さく声を立てて笑うのを初めて聞いた。

「先輩と呼ばれるのも当然愛しいが、夫婦となるのにそれでは不便だな。頑張って〝カールハインツ様〟と呼んでほしい」

「……っ！」

耳にそっと唇を寄せて彼が囁くものだから、リーゼルは声にならない悲鳴を上げた。思わず、胸元に下げている祖母の形見のペンダントをギュッと握りしめてしまったほどだ。

こんなふうに改めてお願いされると、恥ずかしさはさらに増す。だが、今日のために頑張っ

てくれた彼に、そのくらいのねぎらいはあってもいいと思う。

「……カールハインツ様」

胸を激しくドキドキさせながら、リーゼルは目の前の愛しい人の名を呼んだ。

ずっと憧れていた、手の届かないと思っていた人。

時が戻る前の世界で、近くにいられなかったことを激しく後悔した人。

信じられない奇跡が起きて、こうして時間が戻った。そのおかげでこんなふうに、この人と婚約することができたのだ。

〝当たり前〟のことではないのだから、十分に感謝しなくてはならない。そして、ありがたみを噛みしめてしっかりこの幸せを噛みしめなくてはいけない。

「カールハインツ様、大好き」

照れながらも、きちんと聞こえる声でリーゼルは言った。思えば、恋心を伝えただけで好意をはっきりと言葉では伝えていなかったから。

リーゼルの言葉を聞いて、カールハインツは何かをぐっと堪える表情をした。手が、迷ったように宙をさまよい、最終的には静かに下ろされる。

「……可愛すぎて、思わず抱きしめそうになった。君と婚約できて嬉しいよ、リーゼル」

玄関ホールとはいえ、二人きりではないのを思い出したのだろう。カールハインツはそれだけ言うと、名残惜しそうに邸を出て行った。

ぐっと我慢して帰っていった彼の気持ちを汲んで、リーゼルもドアを開けて見送ることはしなかった。する余裕がなかったとも言えるが。

(私……カールハインツ様の婚約者になっちゃった)

階段を上がって自室へと戻りながら、リーゼルはこの奇跡を噛みしめた。

時が戻る前とは、大きく異なる方向へと運命が動き出したのだ。

第二章

　フライベルク家の邸から魔法学校に帰り着くと、カールハインツは溜め息をついた。幸福の溜め息だ。

「あなたのおかげでうまくいったよ」

　研究棟の自室に戻ってきて、机の上のペンにそう報告した。

　カールハインツは、今まさに自分が成してきたことを思い出して、喜びに震えている。

　今日、カールハインツはリーゼルの両親に結婚の許可をもらいにいった。どうなることかと不安でいっぱいだったが、無事に許可を得ることができた。

　ペンの助言を聞いて実行したことが功を奏したようだ。

『君が妖精姫を射止めることができて僕も嬉しいよ。まさかこんな日が来るとはね』

　カールハインツの言葉を受けて、ペンは近くにあったメモにそう記す。〝筆談〟するために、いつも机の上には彼用のメモ用紙が置いてあるのだ。

　カールハインツが市場で彼を買った日から、こうして筆談により友好を深めてきた。

「本当に……今でも信じられないよ。逃したくなくて、性急な行動をしてしまったが、拒まれなくてよかった」

温室でリーゼルの涙を見てからの行動を振り返ると、自分のことながら急展開すぎるとカールハインツは思う。

だが、それほど逃したくないと思っていたのだ。

彼女は、孤独なカールハインツにとっての光だったから。

その光が悲しみに瞬いていたら、そっと包み込んで守ってやりたいと思うのは当然のことだ。

カールハインツは、物心ついたときから孤独だった。

母親は自分を育てはするが、愛されたという記憶はない。

美しいだけの、陰気な女だった。

カールハインツは母親があまり話しかけてくれないせいか発語も遅く、そのため感情を表すことができず、しばしば癇癪（かんしゃく）を起こした。

魔力が強い子供の癇癪ほど厄介なものはない。何もかもを破壊しつくさん威力を持った、まさに厄災である。

その頃のことは、あまり思い出したくない。

どうにか生きていただけだし、楽しい記憶などなかった。

それでも母親に見捨てられず九歳まで大きくなったが、それだけだ。母は無理な労働が祟って、その後あっけなく死んでしまった。

その後、どこからか噂を聞きつけて実父を名乗る男が迎えに来てからは、多少マシにはなった。

十歳になる年、カールハインツは自分が貴族の落胤――つまり隠し子だということを知る。使用人だった女に手をつけて孕ませた子が、カールハインツだったというわけだ。

正直言って、実父であるデットマー伯爵に対する印象はよくなかった。母親がよく、繰り言のように悪口を言っていたから。美しかった母は、ほとんど手籠めにされる形でデットマー伯爵に情をぶつけられたのだと、あとで人から聞かされた。

そんなふうに碌でもない男ではあったが、カールハインツに最低限の教育を与え、衣食住を与え、生きるのに困らない礼儀作法を身に着けさせた。

だが、やがてカールハインツの持つ魔法の才が自分の手に負えないとわかると、多額の寄付により魔法学校に特例の入学を認めさせたのだった。

『魔道士たち――似たような特性を持つ者たちの中でなら、お前にも居場所が見つかるかもしれない』

学校へと送り出すとき、デットマー伯爵は言い訳するみたいに言った。

その言葉を信じたわけではなかったが、ほんの少し期待していた。だが、その淡い期待もすぐに打ち砕かれる。

魔法学校は、良くも悪くも選民意識の強い人間たちの集まりで、異分子には敏感な場所だった。

カールハインツは貴族の隠し子で、寄付による入学で、おまけに飛び級で入ってきた本来の入学年齢に達していない子供だ。

目をつけられるのは当たり前だったし、面白くないと思われるのも自明だった。すぐにカールハインツはいじめられるようになった。

だが、それで負けるようなカールハインツではない。

嫌がらせや攻撃を仕掛けてくる者たちを片っ端から返り討ちにし、悪口を言う連中は魔法の実力で黙らせた。

幸運なことに、カールハインツは魔法の才能には恵まれていたし、並外れた魔力保有量はカールハインツの実現したい魔法を後押しした。

何より、誰にも負けたくないと、馬鹿にされたくないという思いがカールハインツに努力させ、その努力に見合う実力を身に着けさせたのだ。

その結果、いじめられなくはなったが、誰からも遠巻きにされるようになってしまった。

そして、ここ魔法学校でも孤独になってしまった。

それでも、カールハインツには魔法の研究があった。真摯に学べば受け止めてくれる教師たちがいた。

市場で出会ったおしゃべりなペンもいてくれるから、それでいいと思っていた。

魔法を研究し、真理を解き明かし、それによって世を良くすることで世界と繋がっていこうと考えていた。

そんなときに現れたのが、リーゼルだった。

カールハインツのお気に入りの場所になったことで、誰も近寄らなくなった植物園。何も知らない彼女は、そこに探しものをしにやってきた。

初めて見たとき、彼女は困り顔だった。ほとんど泣きそうな顔をしていた。

こんなときに自分なんかが声をかけたら余計怖がらせてしまうだろうか——そう考えたものの、結局は声をかけてしまった。どうしても、放っておけなかったから。

カールハインツのことを知らなかった彼女は、課題のための材料の虫を探していると言っていた。配布されたものをだめにしてしまったから、代わりのものを自分で用意しようと思ったのだと。

しかし、虫が苦手な彼女はそもそもそれを捕まえることができず、見つけてもお目当てのものかどうか見分けもつかず途方に暮れていた。

それを彼女は、怖がりもせずカールハインツに伝えたのだ。

怖がらないのは、カールハインツが校内でどのような扱いなのか知らないからだろう。知ったとしたら、きっと他の連中と同じように恐れ、避けるようになるだろう。

それがわかっていても、こんなふうにただあるがまま接してくれる存在が珍しくて、つい手を差し伸べてしまった。

カールハインツが手を貸したことで無事に課題を終えた彼女は、無邪気にお礼を言って去っていった。

きっとそれきりだと思っていたのに、彼女はその後も植物園を訪れた。

次に来たときは、最初の出会いのときのお礼を伝えられた。それ以降は、他愛(たあい)もない世間話をするようになった。

そう頻繁だったわけではない。だが、彼女の訪れはやがてカールハインツの楽しみになり、希望になった。

リーゼルは貴族の令嬢らしく美しい所作や立ち居振る舞いが身についており、何より顔立ちが可愛らしい。薄紅色の不思議な髪色も、彼女の可愛らしさを際立たせている。

そんな可憐(かれん)な存在が、無邪気に会いに来るのだ。好きになってしまうのに時間はかからなかった。

カールハインツは彼女のことを秘かに〝妖精姫(ようせいひめ)〟と呼び、心の中で愛でるようになった。ペン相手に、いかに彼女が可愛いか語ることも多々あった。

だが、それだけのつもりだった。

いずれ彼女は卒業していくし、そのうちにしかるべき相手と結ばれるだろう。貴族は家のために結婚をするのだ。

だから、そのうちきっと彼女もカールハインツのことを忘れ、それっきりになってしまうと思っていた。

時々植物園で顔を合わせて話をするだけの間柄なら、それが普通だから。

しかし、彼女は泣いていた。卒業したらカールハインツと会えなくなるからと。

そんなことを言われたら、抱きしめるしかなかった。

抱きしめたらもっと離れがたくなって、気がつけば求婚していた。

『守るべきものができるというのは、いいものだな。君はうつつを抜かして目的を忘れる男ではないしな』

感慨にふけるカールハインツに、ペンがそう綴った。

「ああ、そうだ。守るべきものができたからこそ、私はより一層目的に対する意識が強まった。彼女のために世界を守ろうと思っていたのが、彼女も世界も守ろうという気持ちに変わっただけだが」

リーゼルへの温かい想いが胸に溢れているが、この世界に迫る危機のことを思うと背筋に嫌なものが走る。

まだ一部の人間たちしか気がついていないが、よくない流れが来ているように感じているのだ。

　異変を察知したときから、世界を守ろうとは決めていた。

　愛しい妖精姫が安心して暮らしていけるようにと、様々な想定をして備えてきた。いずれ彼女の思い出の中の住人となるとしても、彼女がどこかで元気でいてくれさえすれば、それだけで世界は守る価値があるものだ。

　その守るべきものに、リーゼル自身が加わった。それをペンは喜んでくれている。

『彼女はいい子だ。勝手に動いて文を綴る奇怪なペンである私を見ても、気味悪がることも厭うこともなかった。いい子な上に、なかなか胆力がある。手放すんじゃないぞ』

「わかっているさ。絶対に手放すものか。一生かけて大切にするんだ」

　ペンの言葉に、カールハインツは改めて強く誓った。

＊＊＊

　婚約によって運命が変わったからといって、リーゼルの日常が大きく変わったわけではなかった。

　三ヶ月後に迫る魔法学校の卒業のために、卒論執筆に追われるのは変わらずだ。

　周りの生徒たちは、「三ヶ月で研究して成果を論文にまとめるなんて無理」と騒いでいる者たちもいるが、実際のところはこの三ヶ月は仕上げの作業なのである。

本来ならば、三年間の在学中に自分の興味のある分野や方向性を決め、それに則って深く掘り下げて学んでいくのが普通だ。

だから、卒論のテーマを決めるより前から少しずつ研究の輪郭を掴むための学びや作業に着手しているのが当たり前で、研究計画書を提出してから焦りだすものではない。

よほど新規性のあることに取り組みたいと思ってテーマを決めたのではない限り、焦る必要もないはずなのだ。

リーゼルもこの前までは、周りで騒いでいる生徒たちを見てそう思っていた。そんな彼らを、不真面目なのではないかと思っていたほどだ。

しかし、欲が出てくると自分も同じように悩み、焦るのだということを今思い知っている。

「……何だか、ぱっとしないわね」

研究計画書を見返し、つけ始めた日々の記録を振り返り、リーゼルは溜め息をついた。

論文の構成を考え、それに沿って必要な観測結果を収集していこうと考えて着手を始めたのはいいが、物足りなさを感じていたのだ。

リーゼルの卒論のテーマは、『土壌と与える肥料を変えることによって、含まれる成分と薬効にどのような変化が生まれるのか』だ。だから、早速植物園の中に新たに畑を作り、そこで研究用の薬草を育て始めている。

土の成分や与えた肥料も詳細に記録に残し、薬草が収穫できるようになるまでそれを続ければ一応必要な情報は揃う。

時が戻る前の世界でもそのようにして、論文の体裁にはなっていた。それによりリーゼルは〝優〟は逃したものの〝秀〟はもらうことができ、そこそこ満足して魔法学校を卒業したのだった。

しかし、それでいいのだろうかと今は思っている。

リーゼルの研究は、よく言えば〝優等生的〟、悪く言えば〝遊びがなく退屈〟だ。研究の主旨に則ってきちんと情報は収集されているが、そのせいか小さくまとまりすぎていることに気づいてしまったのだ。

三ヶ月という期間で達成できるように練られていると言えなくもないが、ハプニングが起こり得る余地はなく、そのぶん新たな発見などあり得ない。すべて、計画書を作った当初考えた予想の範疇（はんちゅう）に収まってしまう。

これがただの期末課題などであれば、問題はないだろう。綿密に記録が取られた、良い〝調べ学習〟だ。

だが、リーゼルが今取り組んでいるのは卒論だ。自身の魔法学校での学びの集大成がこんな小さくまとまったものでいいのかと、自分が立てた計画ながら不満に思っている。

（これでは、カールハインツ様の隣に立つ者として相応（ふさわ）しくないわ……平凡すぎる）

順調に育っている薬草の葉を撫で、リーゼルは自身が抱えるモヤモヤの正体に気がついた。カールハインツと婚約し、彼が身近な存在になったからこそ、彼の非凡さをこれまで以上に感じるようになったのだ。

彼はわずか十二歳で魔法学校に特例で入学し、その二年後にはリーゼルたちが今まさに取り組んでいる卒論に当たるものを提出してから自らの研究室を得ている。

その論文のテーマは、『空間圧縮による収納術』だったという。与えられた寮の収納空間に悩んだ末、たくさん収納するためには物質を圧縮すればいいのではないか、さらにそれを収納した空間すらも圧縮すればもっと収納できるのではないか……という仮説を立証するために取り組んだと説明されたが、リーゼルは話の半分も理解できなかった。「〝驚異の部屋(ヴンダーカンマー)〟を作りたかったんだ」と恥ずかしそうに言われたが、それが何なのかもわからなかった。

そのくらい、カールハインツとリーゼルとの間には実力の差があるのだ。それを彼はきっと気にしないが、リーゼルは気になる。

卒論のためとはいえどうせ研究するのなら、彼に「すごい」と言われたいのだ。

「そうだ……カールハインツ様に相談しよう」

ひと通り記録を録(と)り終えると、少し早いが彼の研究室に向かうことにする。

あの日以来、放課後は彼の研究室に行くのが日課になった。本当なら一日中でも入り浸っていたいが、そういうわけにもいかない。自分の研究準備があるし、彼のことを邪魔したくはないから。

カールハインツはいつ来てもいいと言ってくれているが、そうしないのは自分なりのけじめだ。リーゼルは、学ぶために学校へ来ているのだから。恋人に会うためでは決してない。

だが、今日くらいいいだろう。なぜなら、あくまで後輩として、先輩に助言を乞いに行くのだから。

内心でそんな言い訳をしつつも、石造りの廊下を歩くリーゼルの足取りは軽やかだった。

「カールハインツ様、お邪魔します」

「リーゼルか！　どうぞ」

研究室のドアを叩くと、すぐさま彼の声が返ってきた。集中していると返事があるまで少し時間がかかるから、おそらく今日は作業の切れ間に訪れることができたのだろう。

「今日は早いんだな」

「お邪魔してしまいましたか？」

「いや。顔を見たいと思っていたから嬉しい」

研究室に入ると、彼は机に向かっていた。どうやら書類を作成していたらしい。

彼は研究は好きだが、そのために提出しなければならない様々な書類が面倒だと言っていた。さすがに、その手の書類はあのペンには頼めないのだと言う。彼曰く、ペンは根っからの文系だそうだ。

「実は今日は、ご相談したいことがありまして……研究のことなのですけれど」

「研究？　ああ、いいよ。私が教えられることならなんでも教えよう」

リーゼルの申し出に、カールハインツはすぐに頷いた。断られることはないだろうと思っていたが、こんなに嬉しそうにされるとも思っていなかったため、リーゼルは少し気後れした。

「実は、研究計画書を一緒に見直していただきたいなと思いまして……研究を大幅に変更することは当然できないのですが、これをもう少し面白いものにできないかと」

　彼を喜ばせられるような面白い内容ではないかもしれないと思いつつ、リーゼルは計画書を差し出した。彼はそれを受け取ると、すぐに目を通し始める。

　教師に見せるより、彼に見てもらうほうがずっと緊張した。つまらない研究をするつまらない人間だと思われたくないという、そんな見栄（みえ）がリーゼルの中に存在したからだ。

「そうだな……よくまとまっていて、問題はないように感じるが。それでも、リーゼルはこれをもっと面白くしたいんだな」

「はい」

「この論文を読んだ人にどんな驚きや発見を与えたい？　それが強く伝わる構成にしないと」

「驚きや発見、ですか……」

　カールハインツに尋ねられ、咄嗟（とっさ）に答えが出なかった。これまで、そんなことを考えたことがなかったからだ。

「では、聞き方を変えよう。リーゼルがこのテーマで研究しようと思ったきっかけは何だったのかな」

カールハインツは恋人というより、先輩の顔で尋ねてくる。やはり、彼が魔法の研究にかける気持ちは本物だ。それならば自分も本気で答えねばと、リーゼルは気持ちを引き締める。

「えっと……薬草ではないのですが、寒冷地で栽培されていたとある野菜の種を比較的温暖な地へ持ち帰って育てたところ、全く別の野菜になったという伝承があるのです。それを聞いて、生育環境を変えれば薬草の見た目や薬効にも変化があるのではないかと思って……」

「なるほど。それなら、まず前書き部分にその野菜について調べたことを載せると、ぐっと興味を引けるだろう。他の類似例も探してみるといいかもしれない。植物学の教師に担当についてもらっているようだが、魔法薬学の教師の助言ももらうといいだろう。薬効に変化があるかどうかは、薬学の観点からも検証する必要が出てくるからな」

リーゼルに説明しながら、カールハインツは今自分が話したことをメモに起こしてくれた。

それを見ると、研究のためにしなくてはいけない作業がかなり増えていた。日々薬草の生育を観察して記録を取るだけだった当初のものからは、圧倒的に難しいものへと変わった。

だが、そのぶん面白さは増したように感じる。

「これだと、もっと育てる薬草の種類を増やす必要も、生育環境の差をわかりやすくする必要もありますね……時間が足りないかも」

面白くできそうな手立てが見つかっただけに、時間の限りがあるのが惜しかった。本気でこのテーマでやるのなら、もっと早くから取り組んでおかなければならなかったと気づかされる。

「時間が足りない……確かにそうだな。それなら、魔法で植物の時間を進めるのも対照実験にしたらいい」

思い悩むリーゼルに、カールハインツはこともなげに言った。だがそれは、とてつもないことだ。

「植物の時間を進めるって……それって、時間魔法を使うということですか……？」

この研究室に二人きりだとわかっていても、リーゼルは心持ち声を落として言った。なぜなら、時間魔法は禁忌だからだ。彼が禁忌について口にしたと誰かに知られたくなくて、自然と小さな声になってしまう。

だが、それを聞いて彼は笑った。

「時間魔法ではないから大丈夫。そんなもの、使える人は今の時代にはいないだろうしね」

「そ、そうですよね……」

一瞬ひやっとしたものの、リーゼルもつられて笑った。

何となく、カールハインツにならできるのではないかと思って焦ったのだ。

古い魔導書を読み解いて、今はもう失われた技術を再現するような人だ。禁忌だからといってそれをやめるような人ではない、というのがリーゼルの彼に対する印象だった。

その印象は、婚約したところで変わらない。それは、時が戻る前の世界で見た姿のせいなのかもしれない。

（カールハインツ様を魔法に熱中させすぎると、魔に堕ちてしまうのだわ……だから、しっかり気を逸らしていないと）

世界の平和のために、彼を失わないために、リーゼルは決意を新たにした。

カールハインツに助言をもらったことで、リーゼルの研究はかなり面白いものになった。

光魔法と闇魔法を駆使することで擬似的に昼夜を再現し、それにより植物を騙してみている。また、温度や湿度、土の栄養状態を変えるなど、さまざまな環境下での変化の観察を続けていた。

カールハインツの助言のとおり魔法薬学の教師マデリーンに相談に行くと、面白がっていろいろ話を聞かせてくれた。同じ植物でも瘴気が強いところとそうでないところとでは、姿も成分も異なっているから、意図的に魔力を注いで育てることで興味深い結果が得られるのではないかとも言っていた。

その助言を受け、リーゼルは新たに魔力を濃く含む土壌に薬草を植えてみる実験も始めた。

三ヶ月しか時間がないというのに、日々研究は面白くなる。

その様子を、カールハインツは優しく見守ってくれていたが、あるとき少し悩んでいる様子で提案をしてきた。

「君が嫌でなければだが、今度一緒に夜会へ行ってみないか？」

ある日の放課後。

いつものように自身の作業を終えてから彼の研究室を訪れて雑談したあと、ふいに彼が言った。

「夜会というのは、舞踏会や晩餐会（ばんさんかい）のことですか？」

貴族の令嬢であるリーゼルにとっては夜会という単語は馴染み深い（なじみぶかい）が、それが彼の口から出てくるのは意外だった。

彼は、そういったものとは距離を取っているものだと思っていたのだ。なぜなら、時が戻る前の世界ではどの夜会でも彼が参加していることはなかったから。

「夜会といっても、リーゼルが想像しているものとは少し違うな。簡単に言うと、パトロン探しだ」

「パトロン？」

「君が研究を続けられるようにするには、君の研究に興味を持ってくれる人を見つけなくてはいけない。簡単に言うと出資者だな」

「……出資者が見つかれば、私もカールハインツ様のように学校に残れるかもしれないということですね」

まさかの提案に驚いていたが、自分の人生に光明が射したようにも感じていた。

卒業前、あるいは卒業後に、魔法学校の生徒たちが出資者を探すというのは聞いたことがあった。そのために卒論に力を入れる者もいるほどだという。

それは頭にあったのだが、自分が彼らのように魔法の研究をこれからも続けられる道があるだなんて考えたことがなかった。

だが、カールハインツと婚約した今、リーゼルの社交界デビューは必須ではなくなった。というより、そこで行う予定だった伴侶探しの必要性がなくなったのだ。つまり、それに当てる予定だった時間をそのまま研究に当てられるということである。

「君が魔法に向き合う姿勢を見たら、これっきりで終わりにしてしまうのが惜しい気がしてね。私が出資してあげることもできるし、フライベルク家も当然資金を出せるのはわかっているのだが、身内の温情ではなく、外部の人に評価されるという経験もしてほしいんだ」

要するに、カールハインツはリーゼルにお情けで研究を続けるのではなく、実力で続けられる道を掴み取らせたいと言ってくれているのだ。そして、その力もあると信じてくれているのだろう。

それを感じると、断る理由などない。

「参加したいです。でも、そういった場所に出向くには招待状がいるのでは……？」

そういえば、魔法省や魔法関連の職場に就職を希望する生徒たちが招待状を手に入れるのに必死になっていたと思いだした。貴族の令嬢だからそういったものを持っているのではないかと尋ねられたことがあったが、社交界とはまた別の界隈なのだと話した覚えがある。というより、そのときはあまりピンときていなかったのだ。

「今回は私の同伴者として連れていけるから大丈夫。それに、着ていくものも私に用意させてほしいな」

「はい、お願いします。……ドレスコードなどがあるのですか?」

彼がわざわざ衣裳の用意を申し出てくれるということは、何か理由があるのだろうかと考えた。だが、彼は嬉しそうに首を振る。

「私が君のために用意したいだけなんだ。実はもう、いろいろ用意をしていて……」

涼し気な美貌に、はにかんだ笑みが浮かんだ。それはあまりにも破壊力抜群で、リーゼルは自分の心臓が止まるのではないかと思ったほどだ。

「わかりました!　楽しみにしていますね」

あまりはしゃぎすぎるのははしたないかと思い、努めて気持ちを抑えて言った。しかし、本当はその場で跳ねまわりたい気分だった。

夜会の話を聞いたとき、嬉しい気持ちと同時に不安もあった。まだ社交界デビューすら正式にできていないのに、そういった場できちんとできるのか、正しく振る舞えるのか。そして、自分の魔法に誰か興味を持ってくれるのか。

だが今は、不安よりも楽しみな気持ちが勝っている。

その気持ちは、夜会当日まで色褪せることはなかった。


夜会当日。

支度を調えた姿で現れたカールハインツに手渡された箱に入っていたドレスを目にして、リーゼルは感激していた。

「わぁ……すごく可愛い」

それは、紺色の生地を使った落ち着いた意匠のドレスだ。袖は長く、腰から切り替えた裾も大きく広がってはいない。肩が開いているくらいで、露出は限りなく抑えられている。

だが、ただの紺色の生地ではなく動くたび繊維の中にある細かな光の粒がキラキラと輝き、まるで星空を切り取ってドレスにしているかのようなのだ。

それを鏡の前で自分の体に当ててみて、リーゼルは感激に頬を染めていた。

「カールハインツ様、ありがとうございます！」

「喜んでもらえて嬉しいよ。君に似合うものを考えるのは楽しかった」

喜ぶリーゼルを、カールハインツは眩しいものでも見るかのように見ていた。そういう彼は、簡素な礼服の上からよそいきとわかるローブを羽織っているだけだが、容姿の良さと相まってその簡素ささえ狙ったかのように見える。

「まぁ、これならお嬢様に似合うので合格としましょう」

喜び合う二人を前にして、メイドのメグが面白くなさそうに言った。彼女はリーゼルの衣裳選びという楽しみを奪われて憤慨しているのだ。女主人のおしゃれは侍女の手腕が問われる部分だからと、自分の職分に踏み込まれたように感じているらしい。

「若旦那様、お嬢様はこれからお支度がありますので。いいですか。女性の支度は平気で何時間もかかるんですからね」

メグは必死にぷりぷりと怒ってみせるが、全く怖くない。そう感じるのはカールハインツも同じらしく、おかしそうに笑っていた。

「何を笑っているのですか?」

「いや、その〝若旦那様〟というの、何度聞いてもいい響きだなって」

「……笑っていないで、早くお部屋から出てください」

彼は上機嫌だが、メグは相変わらず怒っている。そんな自分のメイドのことが、リーゼルは少し気がかりだった。

「……メグは、カールハインツ様のことが嫌い?」

彼女の彼に対する当たりの強さが心配で、尋ねてみた。すると彼女は、慌てように首を振る。

「違います！　嫌いなんてことは……ただ、面白くないなって思ってしまったんです。だって……こんなにお嬢様に似合うものを見繕えてしまうんですもの。婚約してまだ間もないというのに、こんなにもちゃんとお嬢様のことをわかっているんだなって思ったら、悔しくて……」

「メグったら……」

メグが唇を尖らせ気味に白状するのを聞いて、リーゼルは微笑ましい気持ちになった。

彼女の気持ちはつまり、やきもちだ。自分が誰よりわかっていると思っていたリーゼルの似合うものや趣味を、ぽっと出のカールハインツも理解しているのが面白くないと感じたということなのだから。

「カールハインツ様が私に似合うものをこうして選んでくれたのは確かに嬉しいけれど、それでもメグがいてくれなければだめなのよ？　だって、せっかく可愛いドレスがあっても、誰がそれに似合うお化粧や髪結いをしてくれるの？　あなた以上に私を着飾らせるのがうまい人が他にいる？」

「いいえ……そうですね。私が着飾らせるんですものね！」

自分の役目を思い出してくれたのか、メグに笑顔が戻った。そして気合いを入れて、リーゼルの着替えを手伝ってくれた。

ドレスの意匠が簡素なぶん、髪は思いきって下ろしたまま、小さな花の飾りをいくつもつけるという装いにした。リーゼルの薄紅がかった金の髪に青い花飾りをつけるというメグの思いつきは、予想以上にドレスと相性がよかった。

初めての夜会、そして魔道士として出席するということで、化粧は愛らしさよりも神秘的な印象を与えるものにした。

「メグ……すごいわ、これは」

鏡の中に現れた自分の姿に、改めてリーゼルは驚いた。

そこにいたのは、日頃より大人びたリーゼルだったからだ。

「お嬢様はお顔立ちが可愛らしいぶん、目もとに強めの線を入れてもきつく見えず、それが不思議な魅力になると思ったんですよね。髪も結い上げずそのまま流しているため、無邪気で自由な雰囲気になると考えたんです。——これは、狙い以上の仕上がりです」

感激するリーゼルに、メグも自画自賛で返す。だが、彼女の技術と見立ての確かさをリーゼルもまさに今感じていた。

「ありがとう、メグ……すごいわ。魔法使いみたい」

「そう言っていただけると侍女として鼻が高いです。さあ、婚約者様がお待ちですからいきましょう」

「ええ」

いつまでも鏡の前で自分の姿を確認していたいが、カールハインツを待たせているのだ。メグに促され、リーゼルは部屋を出た。

階段を下りて応接室へ向かおうとすると、待ちきれなかったのか玄関ホールに彼はいた。リーゼルの姿を目にすると、その顔に驚きの表情が浮かぶ。次いで浮かぶのは、何とも言えず優しい笑みだ。

「やはり、よく似合うな。いや、予想以上だ」

「メグが頑張ってくれました。おかげで大人っぽくなって……カールハインツ様の隣に並んでも少しは様になるかと」

「君はいつだって可愛いよ。だが……今夜の装いは神々しさすら感じるな」

感じ入った表情から、彼の言葉に嘘がないことがわかる。だから、リーゼルは不安よりも期待を胸に、彼の手を取ることができた。

「私の馬車は変わっているから驚かないでほしいのだが……」

そう言われて玄関から外へ出てみると、すぐに乗りつけられている馬車が目に入る。一見すると、普通の二頭立ての馬車だ。

だが、よく見ると馬が生き物ではなく、よくできた人形だった。

「これは……魔導式の馬車ですか？」

「そう。御者いらずの魔法で走る馬車なんだ」

「すごい……これもカールハインツ様が考えた新商品ですか？　流行りそうですね」

見慣れぬ馬車にリーゼルは感心したように言ったが、カールハインツは苦笑を浮かべ首を振る。

「それが実はそうでもないんだ。何でも魔導式にすればいいわけではないらしい」

「……便利そうなのに」

「馬を維持できること、御者を雇えることは地位や財力を示すものだから、便利さよりもそちらが優先されるようだ」

「難しいんですね」

魔導式馬車が受け入れられなかった背景について聞きながら、リーゼルは馬車に乗り込んだ。車内はごく普通の、乗り慣れた馬車だ。カールハインツが何事かを呟くと、馬車はゆっくりと走り出す。

「一般向けに売り出すときは魔石で動くようにしたかったんだが、これは私の馬車だから詠唱で動くんだ」

「素敵です。魔法使いの馬車ですから、詠唱はやっぱりほしいですよね」

自慢気に言う彼に、リーゼルも頷いた。魔法を愛するものにだけ伝わるロマンのようなものがあるのだ。

「速度は普通の馬車と変わらないんですね」

車内に乗り込んでしまえば普通の馬車と変わらないものなのだなと、リーゼルは感心して言った。これならば本当に、普及しなかったのが惜しい。

「速度は出せるが、そうすると他の馬車や通行人とぶつかってしまったときが恐ろしいからな。周りに合わせるのも大切だ」

「そうなんですね。……魔法を使った商品作りって、いろいろなことを考えなくてはいけないのですね」

魔法を学ぶことで精一杯で、リーゼルはまだそれを活かしていく手段がわからない。だが、カールハインツはこうして様々なものを生み出して、売り込んでいこうと試行錯誤している。そのことに、素直に感心していた。

「新しすぎるもの、すごすぎるものはなかなか受け入れられないものだからな。……何事も、ほどほどがいいんだ」

そう呟いた彼の言葉は意味深だった。だが、それを尋ねようとしたところで馬車は止まった。どうやら、夜会の会場に着いたらしい。

「さあ、お手をどうぞ。お姫様」

先に馬車を下りたカールハインツが、そう言ってリーゼルに手を差し伸べた。リーゼルは、少し緊張しながらその手を取った。

そして、彼にエスコートされるまま会場へと入る。

夜会の会場は、大きな町屋敷だった。売りに出されたものを裕福な商人が買い取って、こうして夜会の会場として提供しているのだという。

「まずは挨拶回りですか？」

貴族の夜会では、主催をはじめ、様々な相手に挨拶をして回るのが基本だと教えられていた。

だから尋ねてみたのだが、カールハインツは笑顔で首を振った。

「普通はそうかもしれないが私は必要ないよ。用のある人間のほうから寄ってくる——ほら」

そう彼が説明していると、にこやかに手を上げて近づいてくる人物がいた。身なりは良いが、おそらく貴族ではない。適度に着崩したその洒落者の雰囲気は、おそらく裕福な商人だろう。

「やあ、カール。元気かい？」

「おかげさまで。アンブロス氏もお変わりありませんか？」

「調子がいいよ。何せ、君が考案した美しい布が大好評だからね。最初は舞台衣装くらいにしか需要がないと思っていたのに、若い貴族の令嬢たちに流行りつつある。目敏い子は、今季の夜会のために急いで発注しているようだ。そちらのお嬢さんも、早速着てくれているんだね」

アンブロスと呼ばれた男性は、リーゼルの姿に気づいて微笑んだ。

「リーゼル、こちらはアンブロス氏だ。彼は紡績工場を営む若き経営者で、私が考えた魔石を細かく砕いて混ぜた糸で織った布を製作してくださった方だ」

「どうも……リーゼル・フライベルクと申します」

「フライベルク家の！　魔法学校に在籍中とは耳にしていたが、このような場に顔を出す方だとは思っていなかったよ」

アンブロスに握手を求められ、リーゼルはそれに応じた。彼の好奇心旺盛そうな目が、じっと見つめてくる。

「ということは、リーゼル嬢も何か研究をしていて、学校に今後も残る計画中なのかな?」

「えっと……」

「彼女は薬草に関する研究をしています。土壌や生育環境によって薬効に変化が生じるかどうかというテーマで、その関係で昼夜の変化を人工的に作ることで植物の育成を促しています」

すぐに答えられなかったリーゼルに代わり、カールハインツが答えてくれた。彼のことを人嫌いだなんて思っていたことを恥じるほど、彼のほうがよほどこういった場での振る舞いに長けている。

「なるほどな。その技術は他のことにも使えそうだ。花の貿易をしている知り合いがいるから、その人物にリーゼル嬢のことを紹介しても?」

「は、はい!」

「ちょうど今夜、会場にいるはずなんだ」

リーゼルの研究に興味を持ってくれたらしく、アンブロスは会場を見回すと駆けていって、ひとりの男性を連れてきた。

その人がアンブロスの言っていた花の貿易をしているという人物で、リーゼルはカールハインツに促され自分の研究について話した。

すると、彼もまた自分の知り合いにリーゼルの研究に興味を持ちそうな人物がいると言って、別の人を連れてきてくれた。

そんなことを繰り返し、リーゼルは会場を歩き回ることなくたくさんの人に研究について聞いてもらえる機会を得たのだった。

「……お話は聞いてもらえましたが、出資してくださる方は現れませんでしたね」

大勢と話して人心地ついた頃、リーゼルはぽつりと言った。

たくさんの人に興味を持ってはもらえたが、出資を申し出る人までは現れなかった。現実の厳しさを思い知ったわけだが、カールハインツは満足げだ。

「上々だよ。今夜君は名を売ることができたし、何より支援者を得た。十分な収穫と言えるだろう」

「そうなんですね」

「あとは、この会場の雰囲気をもう少し楽しんだら帰ろうか」

「はい」

少し落ち込んでいたリーゼルだったが、カールハインツに〝上々〟と言ってもらえて一気に気持ちが上向いていた。それに、知り合いを増やせたと言う意味では収穫だというのも理解できた。

「あの……君が嫌でなければだが、私と一曲踊ってもらえないだろうか？」

不意にカールハインツが立ち止まると、少し緊張した様子で言った。

まさかダンスに誘われるとは思っていなかったが、ここは夜会だ。周りを見れば音楽に合わせて踊っている人たちもいる。出資者を見つけることに必死で、今まで気づかずにいたが。

「は、はい。喜んで……あまりダンスは得意ではないのですけれど」

リーゼルは、はにかみながら頷いた。好きな人にダンスに誘われて断る理由はないが、苦手意識があったため少しためらわれたのだ。

だが、社交界デビューがまだであるリーゼルにとっては、誰かと踊れるのは貴重な機会だ。それに、カールハインツと踊れるなんて夢のような機会を逃せるはずがない。

「私もひと通り教育されたが、うまいと言えるかどうかは……だが、ダンスに必要なのは相手に合わせる気持ちと楽しむ気持ちだという。私たちにはどちらも十分だと思わないか？」

「そうですね」

カールハインツが優しく言って腰に手を添えたのを合図に、二人は音楽の波に乗った。

ちょうど奏でられていたのは、ゆったりとしたワルツだ。リーゼルはドキドキしながらも、カールハインツの動きに身を任せていた。

自信がないようなことを言っていた彼は、なめらかにリーゼルをリードする。いつも練習のとき先生の足を踏んでしまわないかという不安を抱えていたリーゼルだったが、不思議と彼相手ではそんな心配はしなくてよかった。

だから、ダンスよりも問題なのは、大好きなカールハインツの顔があまりにも近いところにあるということだった。

これまで目と目を合わせて会話をしてきたつもりだったが、こんな近くで彼の顔を見たことはなかったからだ。

長い睫毛が彼の宝石のような瞳に影を落とすことも、この距離で見つめ合えばその瞳に自分の姿が映ることも、これまで知らずにいた。

知ってしまうと途端にドキドキして、恥ずかしいような嬉しいような、足元がそわそわしてくる気持ちになった。

そのせいか、少しだけ体のバランスを崩しそうになってしまった。

「おっと、あぶない」

「すみません……」

倒れそうになるのを、カールハインツの手が抱きとめてくれた。腰にほんの少し添えるだけだった彼の手に力が込められ、先ほどより密着度が増す。

「羽が生えて飛んでいってしまうのかと思ったよ」

からかうように彼に言われて、リーゼルは自分の頬がさらに熱くなるのを感じた。彼がこんなふうに笑うのも、冗談を言うのも、これまでずっと知らずにいたのだ。それを知れたことがとても嬉しい。

「カールハインツ様と踊れるのが嬉しくて、夢みたいで……それに、ダンスってこんなに距離が近くなるんだと思ったら、照れてしまって」

リーゼルは恥ずかしさに目を伏せながら、今の気持ちを正直に語った。時が戻る前だったら、きっとこんなこと口にできなかっただろう。だが、今は彼に対する気持ちは何でも口にしようと思っている。

「照れているリーゼルも可愛いな。だが、そんなふうに視線を下に向けているのは危ないよ。私を見て、そしてもっと体をくっつけて」

「……はい」

カールハインツに促され、リーゼルは視線を上げた。そして、再び彼と目を合わせながら、より体を彼に預ける。

彼が見事にリードしてくれるから、ステップもターンもよどみなかった。

二人で揃えたような衣裳を纏い、息ぴったりで踊る姿は、絵になるに違いない。それを客観的に見ることができないのが惜しいと思っているうちに、曲は終わっていた。

「……楽しかったです。この時間がずっと続いてほしいくらい」

「君とこうして踊れるのなら、もっと頻繁に夜会に顔を出すのもいいものかもしれないな」

満足して、二人は踊りの輪から離れた。

踊ったことで、今日の夜会がより充実したものになったと感じている。

「そこにいるのはカールハインツではないか」

満たされた気持ちで二人並んで歩いていると、不意に声をかけられた。

知り合いだろうかとカールハインツを見上げると、彼の表情がかすかに強ばっているのがわかった。

表面上はうまく取り繕っているが、その美しい相貌は日頃のものより冷ややかだ。その様子から、好きな相手ではないのだろうと察する。

「……ブリーゲル卿、ごきげんよう」

「ああ、今しがた機嫌がよくなったよ。魔物の子が貴族の真似事をして歩いているのを見るのは滑稽だな」

ブリーゲルという恰幅のいい男は、その身なりからして貴族だとわかった。貴族の男はカールハインツへの嫌悪を隠すことなく、侮蔑の視線を向けてくる。

「この夜会に顔を出しているということは、また何か思いついたのか？　金ならもう十分あるだろうに……強欲で身の程を弁えないというのは血だろうな」

「……」

ブリーゲルは蛇のような目でじっとりと見ながら、隠しもせず侮辱の言葉をぶつけてくる。普通なら、こんなことは許されないはずだ。だが、カールハインツは優美な笑みを浮かべて耐えている。

「隣の女性は誰だ？　見目のいい娼婦を令嬢のように着飾らせてみたのか」

「彼女は……リーゼル嬢、フライベルク家のご息女です」

ブリーゲルの視線がリーゼルに向いた途端、カールハインツが顔色を変えた。少しためらってから、リーゼルを紹介する。だからリーゼルは慌てて、淑女の礼をした。

「何と！　フライベルク家の！　貴様、考えたな……婿に入って家を乗っ取るつもりだな。魔道士を輩出していない家系であれば牛耳りやすいと」

「そのような意図は……」

「いや……フライベルク家に魔道士はいないが、現当主の妻の母親が魔道士ではないが魔力持ちだったかな。確か、若い頃はこのお嬢さんのような髪色で、特殊な魔力の制御に苦労したとか……このお嬢さんの血が目的か」

名乗ったことが裏目に出たのか、ブリーゲルは合点がいったというように喋り始めた。次々と、カールハインツの企みを暴くとでもいうようにまくしたててくる。

「お前は『すべての人々の生活を魔法で便利にしたい』などと宣っているが、結局したいのは復讐だろう？　この世を魔法で支配して、依存させて、作り変えてしまうことで復讐がしたいんだよ。お前の本質は、その持て余すほどの魔力を暴発させて周りを傷つける化物だということをよく覚えておけよ。お嬢さんも、このおきれいな顔に騙されないことだ。立派な家名に傷がつくよ」

さんざん罵って気が済んだのか、ブリーゲルはリーゼルに〝忠告〟して去っていった。

あまりにもまっすぐな嫌悪をぶつけられ、慣れていないリーゼルはしばらく動けなかった。

それはカールハインツも同じらしく、彼の目に光が戻ったのは、拳を握りしめすぎているのを見かねてリーゼルが肩を叩いたときだった。

「……すまない。途中から聞くに堪えなくて、意識を逸らしていた。君にも、嫌な思いをさせてしまったな」

「そんなこと……もう、帰りましょう」

あまりにも気分が悪そうで、リーゼルは彼を促して会場をあとにした。だが、ひとたび会場を出て深呼吸してしまうと、いつもの彼に戻っていた。表面上は。

「格好悪いところを見せてしまったな。あの男は私が十三歳のときに公衆の面前でぶっ飛ばしてやってから、ずっと根に持っているんだ。……馬鹿にした子供に、馬鹿にした魔法でぶっ飛ばされて、ますます嫌悪を募らせているという懲りないやつさ」

当時のことを思い出したのか、カールハインツの顔に笑みが浮かぶ。ほんのり酷薄ささえ感じるその笑みを見れば、彼がブリーゲルの言葉に傷ついたわけではないとわかる。

「……それなら、またぶっ飛ばしてやればよかったのに」

気持ちを切り替えられず、リーゼルはつい言ってしまった。貴族の令嬢らしからぬ言葉遣いをしたと少し恥ずかしくなったが、彼に気にした様子はない。

「君の前だから我慢したんだ。鬱陶しいやつが目の前に現れたからっていちいち暴力で解決するなんて、紳士的ではないなって」

「それは……そうかもしれませんが」

促されて馬車に乗り込みながら、リーゼルは煮え切らない思いを抱えていた。

目の前でカールハインツが馬鹿にされたのに腹が立っているのもあるが、それだけではない。

自分のせいで、彼に我慢をさせてしまったのも嫌だったのだ。

そして、なぜ彼が自分のためにここまでしてくれるのかも、今さらながら気になる。

「どうして……私のために我慢してくれるのですか？」

走り出した馬車の中、リーゼルは尋ねていた。返ってくる答えなど、わかりきっていたのに。

「そんなの、リーゼルのことが好きだからに決まっているだろう？　大切な婚約者の前で揉め事なんて、起こすはずがないじゃないか」

ごく当たり前だというようにカールハインツは答える。この返答は、リーゼルも予想していたものだ。

だが、それがわからないのである。

彼に気持ちを受け止めてもらい、こうして婚約まで至ったが、まだどこか信じられない気持ちでいる。

なぜなら、それはあまりにも都合が良すぎるから。

「……カールハインツ様は、どうして私を好きだと言ってくれるのですか？　その……勝手な私の片想い……もっと言えば、憧れだと思っていたので、今でも信じられなくて……」

言いながら、どんどん卑屈になっていっているのを感じていた。せっかく彼と婚約できたのだから、そんな気持ちからは目を逸らしていればよかったのに。

だが、自分の存在が彼に不当な我慢を強いたのが、やはり嫌だったのだ。そう感じると、確かめずにはいられなかった。

「そうか……言っていなかったものな。君にとって私が憧れだったというように、私にとって君は救いだったんだ」

「救い、ですか?」

「そう、救いだ」

そう言って、カールハインツはまるで眩しいものを見つめるような目をする。彼がときどきリーゼルに向ける視線だ。

「私は妾腹の子で、おまけに子供の頃から魔力が強くて、そのために苦労をした。魔法学校に飛び級で入ってからも、化物扱いは変わらず。そのため、私が好んで居着いた植物園には誰も寄りつかなくなった。だが、そこに君が現れたんだ」

そっと、ためらうようにカールハインツの手が伸びてきた。それから、優しく頬に触れられる。

「おそらく君は、ただ単に何も知らなかったのだろう。植物園に人が寄りつかない理由も、〝カールハインツ・デットマー〟が何者かであるかも。それでも、私を恐れず、差別せず、ごく普通に扱ってくれた君は私の救いだった。暗闇に射し込んだ光とすら思ったよ」

「カールハインツ様……」

彼の言葉によって、彼との出会いが思い出された。

自分だけが特別に感じていたのだと思っていたのに、彼も同じように感じてくれていたらしい。

そんな都合のいいことがあってもいいのだろうかという後ろ向きな考えが頭を過ぎるが、彼の目を見れば嘘ではないのがわかる。

嘘ではないのなら、これは夢なのではないか——そんなことを考えると、彼の視線がまっすぐリーゼルを射抜いた。

「そうか……信じられないのなら、信じさせてあげなければね」

そう言って、カールハインツが何事かを呟くのがわかった。詠唱だ。

彼が短く何かを唱えると、馬車は進路を変えた。リーゼルの自宅に向かっていたはずの馬車は、別の方向へと走り出す。

「……カールハインツ様、どこへ？」

わかっているはずなのに、リーゼルは尋ねてしまっていた。

リーゼルを家に送り届けないのなら、行き先はひとつだけだ。これからきっと、彼の家に連れ帰られるのだ。

婚約者の、恋人の家に行ってすることなどひとつである。彼が醸す雰囲気がひどく甘くなったことにも、当然気がついていた。

「二人きりになれる場所だよ。リーゼルには、私がどれだけ君のことを愛しているのかしっかりわからせてあげないと」

「んぅ……」

わかりきった答えを口にしてから、カールハインツはリーゼルに口づけた。これから行うことを示唆するような、いきなり熱のこもった口づけだ。

唇が食まれる。歯列が、彼の舌によってこじ開けられる。リーゼルも拒まないから、彼の舌はすぐに口内を蹂躙し始める。

歯を、舌を、彼の舌が執拗に舐め回す。まるで彼のものだと印をつけるように。やがてそれだけでは飽き足りなくなったのか、彼は唾液をリーゼルの口内に注いできた。

「んっ、く……」

注がれたものがたとえ彼の唾液だとしても、口からこぼすのははしたなく思えて、リーゼルは必死に飲み下した。そのせいなのか、それとも長く呼吸がままならなかったからか、頭の芯がぼんやりとしてきた。

そんなに長く口づけられていたつもりはないのに、いつの間にか馬車は停まっていた。目的地に――カールハインツの邸に到着したらしい。

「着いたよ。……君と早く二人きりになりたくて、少しズルをした」

早すぎる到着をリーゼルが訝しんだのに気がついたようで、彼は言い訳するみたいに言った。

その口調や顔がまるで少年みたいで、リーゼルの胸はキュンとする。

魔導式の馬車に御者はいない。だから、馬車の中も実質二人きりみたいなものだ。それでももっと密やかで、もっと二人になれる場所に彼が一刻も早く行きたがっているというのが、リーゼルを嬉しくさせた。

これから起こることに当然恐れはあるが、それ以上に胸が高鳴ってもいる。

好きな人に求められて、嬉しくないわけがないのだ。

「さあ、おいで」

馬車から先に降りたカールハインツが、そう言ってリーゼルに手を差し伸べた。その手を掴んで、そろりと馬車を降りようとする。だが、すぐに彼に抱き上げられてしまった。

「やはりだめだ……もう待てない。それに、初めての夜は私の手で君を寝台へ運ぶと決めていたんだ」

「運ぶって……重たいですよ！　歩けます！」

抱きかかえたまま歩き出すカールハインツに、リーゼルは戸惑いと恥じらいでどうにかなってしまいそうだった。

だが、彼はよろめくことなくリーゼルを抱えて歩いていくし、邸はそんな二人を出迎えるようにひとりでに扉を開け、灯りを灯していく。

恥じらっていたリーゼルだったが、その不思議な光景を前にしてそれどころではなくなっていた。

「……魔法？」

「そう。私の魔力を感知すると家が〝目覚める〟ように創っているんだ。だから、使用人もいない。本当の意味で二人きりになれる場所だというのは、そういう意味だよ」

得意げに言うと、カールハインツは階段を上がっていく。彼が言うように、本当に誰もいないのだろう。出迎える使用人の姿もないし、邸の中には気配が感じられなかった。

灯りがともっていても、ぬくもりが感じられない場所。

学校にいる以外の時間を彼がこの場所で過ごしているのだと思うと、リーゼルは腹の底が冷えてくるような気がした。時間が戻る前の世界では、彼がこんなふうに生きていることなど、知りもしなかった。

本当の意味で彼の孤独の一端に触れたようで、胸が痛くなる。それと同時に、自分に与えられるものがあるのなら与えたいと、そっと彼の胸に頬を寄せた。

「……可愛いリーゼル。ここが、君のために用意していた部屋だよ」

階段を上がって廊下を少し奥へと進むと、カールハインツはひとつのドアの前で立ち止まった。ノブを捻らずともドアは開き、二人を中へと招き入れる。

「私のために、部屋を用意してくださっていたの……？」

カールハインツの腕の中から部屋を見回して、リーゼルは思わず感嘆の息を漏らした。

荘厳さすら感じられる、白を基調とした部屋だ。床も、絨毯（じゅうたん）も、カーテンも、調度品のひとつひとつも、すべて白色をしている。

だがそれだけではなく、植物の新芽を思わせる優しい緑と薄紅色も使われている。そのため、光射す森や花畑にでもいるような気持ちにさせられた。

「勝手に、私の中の君への印象で作った部屋だ。本当なら、君の好きな色を聞いてから作るべきだったのだろうが……」

部屋を目にして言葉を失っているリーゼルに、カールハインツは恥ずかしそうに言った。きっと、気に入るかどうか心配なのだろう。それがわかって、彼のことがまた愛しくなる。

「素敵なお部屋です。……カールハインツ様は、私のことをこんな素敵な部屋が似合うと思ってくださっているのですね」

「本当はもっともっと君に似合うようにしたかったのだが……頭の中のイメージを形にするのは難しいな。もっと人工物を排した、自然そのものみたいな部屋にしたかったのに——私の妖精姫のために」

薄いレースの天蓋がかかった寝台にリーゼルを下ろすと、カールハインツは熱っぽい視線で見つめてきた。

冷たい印象を与える灰青の瞳に、熱がこもっているのがわかる。

「妖精？」

「そう。リーゼルを初めて見たとき、妖精が迷い込んできたのかと思ったよ。薄紅色の髪に、抜けるような白い肌で、驚くほど華奢で……」

花の花弁を思わせるリーゼルの薄紅色の髪をひと房すくって、彼は口づけてきた。唇への接吻とは違い、それは祈りにも似た行為に思えた。

彼の告白は、内に秘めていた信仰を打ち明けるような雰囲気だ。

「君を初めて見たときから、灰色だった世界に色がついたように思えたよ。それ以来、私は秘かに君のことを〝妖精姫〟と呼んで愛でていた。まさか君が私を想ってくれるなんて考えていなかったし、こうして想いを通じ合わせることができるなんて想像もしなかった。リーゼル、君は私の光なんだよ」

「カールハインツ様……」

妖精などと表されれば、日頃なら、あるいは彼以外の者の口から発せられたのなら、きっと居心地の悪さを感じただろう。

リーゼル自身は、髪の色も、肉づきの薄い未だ子供じみた体も、ちっとも好きではなかったから。

だが、カールハインツの真剣で熱烈な様子を前にして、卑下することなどできなかった。何より、彼が自分を美しいと感じてくれていることが、嬉しくてたまらなかった。

「……自然を感じさせる部屋でなくて、このお部屋がいいです。だって、外にいるみたいだときっと落ち着かないもの」

妖精じみた見た目でも部屋の趣味は人間らしいと伝えたくて言ったのだが、彼はやや不満そうにした。

「自然の中で君の美しい肌を暴くのは、それは美しい光景だと思うのだがな」

そう言ってから、彼はおもむろにリーゼルの靴を脱がせ、絹の靴下を脱がせ、爪先に口づけた。その瞬間、彼が愛を語らうためだけにリーゼルをここへ連れてきたわけではないと思い出す。

「んっ……」

彼が何度も何度も爪先に口づけを落とし、足の甲に頬ずりをするものだから、リーゼルは恥ずかしくなってそれから逃れようとした。その結果、寝台に倒れ込む格好となる。

ドレスの裾を乱し、足を投げ出して寝台に横たわるリーゼルを見て、カールハインツが息を呑んだ。それはまるで、獲物を前に喉を鳴らす獣のよう。

「やはり君には、白が似合うな。清廉で無垢、純粋にして天真だ。……今夜のドレスも素敵だが、本当なら純白のドレスを着た君をこの寝台に横たえるつもりだったのに」

寝台の上に縫い留めるように、彼がそっと覆い被さってきた。

捕らわれてしまった――そんなことを思うほどには彼の視線は剣呑なのに、逃げ出したいという気持ちはない。

だが、このまま明るい部屋で何もかもを暴かれてしまうのは嫌だなと、不安になる。

「あの、カールハインツ様……」

「リーゼル、どうしたの？」

「灯りを……」

まじまじと鑑賞するように眺めてくる彼に、リーゼルは何と言ったらよいのかと悩んだ。灯りを落としてほしいと伝えたいのだが、それではまるで先を促すようにならないかと、途端に不安になったのだ。

もちろん、ここまで来て逃げ出そうだなんて思ってはいない。しかし、自分からねだるみたいになるのは、はしたなくて嫌だと思ってしまったのだ。

「そうだな……世間一般の作法では、閨は暗くするものなのだろうな。だが、私は君の美しい姿を……ようやく目にすることが叶う君のありのままの姿を、よく見ておきたいんだ」

言いながら、カールハインツはリーゼルの脚をそっと撫でる。少しずつ触れられることに慣らすかのように。

再び足の甲に口づけを落としながら「だめ、かな？」と尋ねられると、だめだと強く言えなかった。

嫌なわけではない。ただ、恥ずかしいだけだ。

「……真っ暗じゃなくていいので、少しだけ、灯りを落としてください」

「わかった。リーゼルが楽しめないのなら、意味がない。私と愛し合うことが楽しいものだと感じてほしいからな」

リーゼルが緊張に身を固くしたのに気づいて、カールハインツは柔らかく微笑んだ。すると、彼の言葉に呼応するように、ほの明るさを残して灯りが落ちた。

お互いの姿は見えるが、細部はおそらく影になって見えない。このほうが逆に淫靡な感じがすることに気がついたが、今さら後には退けなかった。

「ああ……リーゼル、私の妖精姫。これから私は、君のものになるよ」

髪を撫で、そっと口づけを落としながらカールハインツは言う。

愛を囁くときの彼の言葉は独特だ。リーゼルを所有したがっているのではなく、所有されたがっているように聞こえる。

物語の中で男性はよく、恋人に対して「お前は僕のものだ」とか「君を私のものにしたい」だとか、所有権を主張するように描かれている。だから何となくリーゼルも、いつか誰かのものになるのだと思っていた。

だが、カールハインツは違うようだ。

それは彼の生い立ちに関係するのかと、孤独に由来するのかと、ふと頭をよぎって切なくなった。

もしかしたら彼は、誰からも必要とされなかったのかもしれない。これまで、誰かの何かだったことがないのかもしれない。

そんな彼の孤独や寂しさが世界を滅ぼさせたのかもしれないと思うと、今すぐ彼を抱きしめてあげたいと思った。

リーゼルが彼にあげられるものなんてぬくもりくらいしかないが、持てるものすべてで彼を包んであげたかった。

「カールハインツ様」

口づけの合間に、リーゼルは彼の名を呼ぶ。それから、大きな背中に腕をそっと回してみた。

「リーゼル……嬉しいよ。君から抱きしめてくれるなんて」

「これからはたくさん抱きしめます。だって、カールハインツ様はわたしのだから」

ギュッと抱きしめて言うと、彼がまた息を呑むのがわかった。彼はどうやら感激すると呼吸を一瞬忘れるらしい。それが愛しくて、リーゼルは彼の髪を撫でる。

柔らかくて細いリーゼルの髪とは違い、彼の髪はコシがあって少し硬い。自分以外の誰かの髪に触れる機会はそうないから、その新鮮さも相まってついずっと触れてしまっていた。

撫でられるがままになりながら、カールハインツはリーゼルの唇を啄むように口づけていた。

だが、段々と呼吸が荒くなってきて、そっと触れていた指先の動きがさらに意味深なものに変わっていく。

ドレスの留め具を探しているのだとわかって、リーゼルはドキリとした。

教えるべきか、自分から脱ぐべきか。悩んでいるうちに、ようやく彼の指先が見つけ出した。

ドレスを脱がされてしまうと、窮屈さから解放されると同時に心細さも感じる。

だが、下着姿になった自身を前にカールハインツが本当に嬉しそうにしているのがわかって、不安は少し薄れた。

好きな人が贈り物の包みを解くときみたいな幸せそうな顔をしているのを見たら、その期待に応えられるものでありたいと思う。

一枚、また一枚と、下着が取り去られていく。

恥じらいと緊張に身を固くしながらも、リーゼルは自分の裸体を前に彼がどんな顔をするのかということに期待していた。

美しいと、魅力的だと思われたい。

「……っ」

最後の一枚を取り去り、リーゼルの生まれたままの姿を目にして、カールハインツは言葉を失った。だが、それだけではなく彼は、慌てたように視線を逸した。

何か自分にいけないことがあったのかと、途端に不安になる。見つめられる覚悟はあったとはいえ、目を逸らされるなんて思ってもみなかった。

「カールハインツ様……？」

「すまない、リーゼル……君があまりにも美しすぎて、魅力的で、その……目にしただけで達してしまうのではないかと思って逸らしてしまった」

「達するって……」

　言葉の意味が少し遅れてわかって、リーゼルは赤面した。体を繋げる前から彼が快楽の頂に登ってしまいそうだったと、理解するとどうしたらいいのか混乱する。

「あ、あの……じゃあ、もう来ていただいて大丈夫ですよ……？」

　果ててしまう前に迎え入れればいいのではないかと、わからないなりに考える。しかし、リーゼルの申し出にカールハインツはきっぱりと首を振る。

「だめだ。そんなの、君の体への負担が大きすぎる。何より、君に触れることをずっと夢見てきたんだ。それを一瞬で終わらせてしまうなんて……嫌だ」

　そう言って、彼は今度は自分の服を脱ぎ出す。時間をかけて丁寧にリーゼルのドレスを脱がせたときとは違い、あっという間だ。

　何もかも脱ぎ去って、彼は引き締まった裸身をリーゼルの前に晒した。

　魔法の研究ばかりで体を動かす印象はないのだが、うっすら筋肉が乗っていて逞しい。

　何より目を引くのは、彼の中心にある猛りだ。

　力強く反り返ったそれは、表面に血管が浮き出ていて、硬そうなのが見て取れる。美しく整った彼の顔立ちには似合わないほど、凶悪な見た目をしていた。

「恥ずかしいな……愛しい君を前にしたら滾ってしまって、こんなにも先端を濡らしているんだ」

恥じらうようにカールハインツが言ったとおり、彼のものの先端からは雫があふれ、濡れているのがわかった。

それをじっと見つめていると、リーゼルは自身の下腹部も疼いてきたのに気がついた。体の奥で熱を持て余すようで落ち着かない。

それはカールハインツも同じらしく、呼吸を懸命に整えているようだった。

「夢想の中では何度も君に触れてきたが……やはり実物を前にするとだめだな。あまりに美しくて、愛らしくて、一度触れれば果ててしまいそうだ。だが、これから君を気持ちよくするからな」

「ん……」

そっと伸ばされた彼の指先が、乳房に触れた。華奢な体つきのわりに、その部分は肉づきがよく、彼がひとたび力を込めると、指先が柔らかな肉に沈んでいく。

「何てなめらかな肌なんだ……柔らかくてきめが細かくて……ずっと触れていたくなる」

「やっ、あっ……」

やわやわと形を変えるように揉みしだかれると、気持ちが良くて思わず声が漏れた。

「……かわいい。ここに口づけたら、もっと可愛い声で啼(な)くんだろうな」

「ひゃっ……！」

言ってすぐ、彼は身を屈(かが)めてリーゼルの胸元に唇を寄せた。口づけられると思ったのに、その予想をさらに超え、ペロリと舐(な)め上げられた。

生温かく柔らかで湿った舌先が胸の頂を舐めたそれだけで、体に甘い痺(しび)れが走る。不快ではなく、むしろ気持ちがいい。そのことに戸惑いつつも、彼の舌に執拗に愛撫(あいぶ)を加えられ、リーゼルは甘えた声で啼きながら身をよじった。

「薄紅色だった君のここ、色づいてきた気がするね。それにぷっくり立ち上がってきてかわいい……」

「あぁっ……！」

口に含まれ、ちゅっと音を立てて吸われると、その強すぎる快感にリーゼルの腰が跳ねた。彼に吸われるうちにそこは熱を持ち、ジンジンと痛むような気がしてくる。だが、その痛みすら心地よくなってくるから不思議だ。

リーゼルが気持ちよくなっているのが伝わっているのか、カールハインツは口に含んでいないほうの頂も指で刺激した。指先でくるくると円を描くように押しつぶされると、気持ちよさよりももどかしさに、腰が揺れた。

「赤く充血して、もっともっと触れてほしいって主張してるみたいだけど……他にも触れてあいた。
彼の表情は、妖艶さを増している。だが、余裕はないのか、その美しい眉間には皺が寄って
唇を離すと、赤く熟れたようになった頂を見てカールハインツは満足げに微笑んだ。
げたい場所があるからな」

るというのがたまらなく嬉しくて、自然と膝頭を擦り合わせてしまっていた。

そうすると、下腹部の疼きが少しだけ鎮まる。だが、それだけで足りるはずがなかった。

「リーゼルは舐められるのが好きみたいだから、もっといろんな場所を舐めてあげよう」

「ひ、ぁっ！　ぁんっ！」

宣言通り、カールハインツはリーゼルの首筋をベロリと舐めると、それを皮切りに全身隈な
く舌で愛で始めた。

鎖骨を、脇を、臍を、彼の舌が這うだけで、リーゼルの口からは甲高い声が漏れた。舐めら
れるという行為がこんなにも快感を誘うだなんて、彼に触れられるまで知らなかったことだ。

「リーゼルの体は、甘いな。汗まで美味だとは……」

「や……だめ……っ」

彼に愛撫されるうちに、ほんのり汗ばんでいた。その汗の味を堪能するように舐められてい
るとわかって、途端に恥ずかしくなった。

だが、彼に舐められるのは、時折匂いを嗅がれるのは、どうしようもなく気持ちがいい。それは、決してその行為がきれいなものではないと感じているからこそかもしれない。

身をよじり、腰を跳ねさせ、悲鳴じみた声を上げているうちに、本当に全身隈なく舐められてしまった。日頃自分で触れても何も感じない場所も、彼に触れられるとどこもかしこも快楽を拾う。

だが、それだけではやはり足りない。下腹部の奥の疼きは増すばかりだ。

「さて……そろそろ君のここに触れてもいい頃だろうか」

動きを止めたカールハインツが、そう言っておもむろにリーゼルの両脚を開かせた。

彼の視線が、自身の中心――日頃は秘められて決して人目に晒すことなどない部分に注がれている。

恥ずかしいが、ずっとそこに触れてほしかったのだ。他の部分に触れられているときも、どれだけそれが気持ちが良くても、疼いていたのは秘処だった。

「よかった。ちゃんと濡れているし、何よりこの匂い……まるで誘惑する花の香だ」

「やっ……」

脚を広げられたときから気がついていたが、確かにリーゼルのそこは独特の匂いを発していた。

カールハインツはその匂いをもっと嗅ごうと、顔を近づけてくる。

「清く美しい私の妖精姫が、こんなにここを濡らして感じているなんて……たまらないな。この匂いと蜜を溢れさせた花弁を前に、我慢などできるはずがない」

「あぁっ……や、だめっ、そん、なっ……んんっ……！」

　匂いを嗅いでいたかと思うと、カールハインツは突然そこに口をつけて愛撫を始めた。唇で、舌で、ねっとりと接吻してきたかと思うと、溢れてきた蜜を音を立てて啜(すす)る。

　そこは、体の中でどこよりも不浄の場所だ。少なくとも、そう意識して暮らしている。そんな場所を躊躇(ちゅうちょ)もなく彼が舐め回し始めたことに、リーゼルは羞恥心でどうにかなってしまいそうだった。

「やめてっ……アァんっ、カールさまぁっ……やっ……だめっ……だめ、あっ……」

　やめさせたくて、リーゼルは必死に懇願した。だがその声は、絶え間なく漏れ出る嬌声(きょうせい)に紛れてしまう。それどころか、拒もうとするその声すらも、カールハインツの耳には甘く可愛いおねだりの声にしか聞こえない。

「かわいいリーゼル……大丈夫だよ。たくさん舐めてあげるから、もっともっと気持ちよくなるよ」

「ちがっ……」

「どこまで舌が届くかな」

「……んんっ！」

カールハインツはそっと花弁の中心の割れ目に舌を差し入れると、激しく動かし始めた。蜜がかき出されるような、そんな容赦のない動き。

蜜壺の内側への刺激を心待ちにしていたリーゼルの体は、その強すぎる快感に歓喜した。

もっともっとしてほしい、そうすれば下腹部の甘い疼きも収まるはず——そんなことを思いながら、髪を振り乱して啼いていた。ぞくぞくと背筋を這い上がって行く快感が、全身に広がるのを感じていた。

だが、突如その快感は止んだ。カールハインツが、舌を動かすのをやめて顔を上げたのだ。

「……いつまでも君の蜜を舐め啜っていたいが……そろそろ君の中に入りたい。入りたくて入りたくて、君の中に私が君を愛している証を注ぎ込みたくて……はち切れそうに痛いんだ」

苦しげに眉根を寄せて訴えてくるカールハインツの顔は美しい。しかし、彼の中心で存在を主張している彼のものは、先ほどよりも凶悪さを極めていた。

腹につくほど反り返り、太さと硬さを誇示してくる。リーゼルはそれを目の当たりにして怖いと思うのに、同時にその苦しげなものを鎮めてやりたいとも思う。

「……私の中に入れば、痛いのは収まりますか？」

苦しそうにしているのがあまりに可哀想になって、リーゼルは尋ねた。一応、嫁入り前の淑女教育として、房事の概要だけは知っているのだ。

寝台に横たわり、夫となる人が男根を女性の中に突き挿れて何度か動くと、子種である精が放たれると。精が放たれるまで妻は、じっと夫のするままに任せていればいいと。

だが、知識として知っているものとは違い、カールハインツはいつまで経っても中に入ってこようとはしない。それゆえ苦しそうにしているのだと考えて、リーゼルは彼が心配になったのだ。

「カールハインツ様、その……私の中に来てください」

言ってしまってから、自分がとてもはしたないことを口にしたのではないかと気がついた。

その証拠に、カールハインツも驚いたように目を見開いて絶句している。

彼はリーゼルのことを無垢で清楚（せいそ）だと言ってくれる。そういった部分にひどく惹かれているようである。

それなのにはしたないことを言ってしまったから、嫌われてしまったかもしれない。

恐ろしくなって、リーゼルは激しく後悔したものの、発した言葉は戻らない。

だが、そうではないとすぐにわかった。

「……君はなんて、慈愛の心に満ちているんだ。こんな私を愛して受け入れてくれるだけでなく、私の浅ましい欲望を進んで解放してくれようとするだなんて」

感激したように言ってから、カールハインツはリーゼルの脚を掴んでその爪先に口づけた。

「やはり君は、私の女神だ。だが……あまり私を甘やかさないでくれ。私は魔力が強く、それを制御するために体力もある。君がそんなに可愛らしいことを言うと、一晩中でも君を抱いていたくなる」

「……っ」

　穏やかに柔らかく言っているが、彼の目を見ればそれが本気だとわかった。飢えた獣じみた、獰猛(どうもう)な視線だ。

　リーゼルはその視線に射抜かれ、ぞくりとすると同時に期待してしまっていた。彼にされることを考えて、下腹部が疼いていた。

「お言葉に甘えて今すぐ君の中に押し入りたいところだが……解さなければ君を壊してしまうから、もう少し耐えるよ」

「んぅっ……」

　カールハインツは優しく言ってから、蜜をこぼす花弁の中心に指を突き挿れた。ちゅぷり……と湿った音がして、彼の指を呑み込んでいく。

「これがリーゼルの中か……温かくて柔らかで……すごい締めつけだ」

「はぁ……あっ、あぁ……んぁっ……は、ぁ……」

　うっとりした様子で、カールハインツは指を動かし続ける。太くて節々とした彼の指が動くたび気持ちが良くて、リーゼルは甘い呻(うめ)きとともに息を漏らした。

　だが、指一本でもかなりの圧迫感を感じていて、本当に彼のものを呑み込めるのかと不安になる。

「すごいな……リーゼル、蜜がどんどん溢れてくるよ。ここにもまぶしてあげようね」

「ひぁっ……！　んんっ、そこ、あっ……！」

指をゆっくりと抜き挿ししながら、カールハインツはうっすらとした薄紅色の茂みの奥で凝っていた花芽に目をつけた。そこを親指で少し力を入れて捏ねられただけで、リーゼルは大きく腰を跳ねさせる。

「かわいい……！　リーゼル、ここを刺激されるのが好きなんだね？　すごい締めつけじゃないか」

「や……！　だめっ！　ぁんっ！　ああぁぁっ」

「うん、だめになるほど気持ちがいいね。もっともっとしてあげるから」

あまりの気持ちよさに悲鳴を上げ、目尻から涙をこぼして〝いやいや〟と首を振っているのに、カールハインツは嬉しそうに笑って指を動かし続ける。

ずっと触れられたくて疼いていた場所に、期待を上回るほどの快感を与えられ、リーゼルはおかしくなりそうになっていた。

腰を中心に、快感の波が全身に広がっていく。その波は、リーゼルの意識も、理性も、恥じらいも、すべてどこか遠くへ押し流してしまうような気がした。

「これなら……指を二本に増やしても良さそうだな。もっとたっぷり、解してあげよう」

「あァッ……んっ！　ぁ、あっ……んんっ」

指を二本に増やされ、バラバラの動きで中をかき混ぜられ、リーゼルはあまりの気持ちよさに切なく腰を揺らしていた。彼の指が動くたび、湿った音が響く。くちゅくちゅという音だったものが、やがて粘度を増したぐちゅぐちゅとした音に変わり、溢れた蜜が後孔まで濡らしていくのを感じていた。

「ああ、リーゼル……果てが近いんだね。果てる君を見たい。この目に焼きつけたい。だが、君を初めて果てさせるのは私自身だと決めている」

「んっ……!?」

リーゼルが腰を振り、髪を振り乱し、快楽の大波に身を委ねようとしていると、突如カールハインツは指の動きを止めた。

蜜壺から指を引き抜くと、それを見せつけるように舐め上げる。

それから雄々しく屹立(きつりつ)した自身を、

リーゼルの中心へと宛てがった。

ひと思いに貫かれるのか——そう思って、リーゼルは痛みを覚悟した。

だが、カールハインツはすぐには動かなかった。じっと、何かを確かめるように。

「……カールハインツ様？」

動かない彼に、リーゼルは訝るように声をかけた。何より、焦れている。

果てる直前で愛撫をやめられているのだ。リーゼルの中には、行き場のない想いが渦巻いている。だから、自然とねだるように腰が揺れてしまっていた。

「ごめんね、リーゼル。もうすぐ君と繋がれると思ったら、どうしようもなく感慨深くて……でも、いつまでも待たせるわけにはいかないから……入るよ」

「んっ……！」

ゆっくりと、先端が中に入ってきた。先ほどまで指で解されていたとはいえ、指よりもうんと太いものだ。その圧迫感に、リーゼルは声も出なかった。

ゆっくり、ただひたすらゆっくり、カールハインツは腰を進めてくる。リーゼルを慮っているというのもあるだろうが、ゆっくりでなければ挿入できないという理由もあるようだ。

「は……ぁ……はぁ……」

「……狭い……何て締めつけなんだ」

リーゼルは荒い息を吐くのがやっとで、カールハインツはあまりの締めつけに呻いていた。挿れる前から、彼のものがひどく逞しいのはわかっていた。それを自分の身の内へ受け入れるのだということも。

だが、想像と実際に挿れられるのとでは、全然違う。まさか、こんな硬い熱杭のようなもので体を内側から押し広げられるような感覚がするとは思っていなかった。

しかし、痛くて苦しいだけではない。むしろ、ずっと何かが欠けていたかのように感じていた場所に、ようやく収まるべきものが収まったかのような感じがする。

「ああ、リーゼル……かわいいな。私のものを必死に受け入れて……だが、呼吸を忘れてはだめだよ。息をして、体を強張(こわば)らせずに私のものを一番奥まで受け入れて」

「んぅ……ふ、ぅ……んくっ……」

リーゼルの体の緊張を解くように、カールハインツは優しく口づけてきた。舌を絡められると気持ちがよくて、少し体の強ばりが解けた。

その一瞬の隙に、彼のものがズン……と奥まで挿入される。

「あっ……は……はぁっ……」

あまりの苦しさに、リーゼルは口をパクパクさせて喘(あえ)いだ。声すら出せない。まるで内臓が押しつぶされるような感覚に、息の仕方を忘れてしまったみたいだ。

「くっ……これは、すごいな……動いてもいないのに、もう吸い出されてしまいそうだ」

カールハインツはリーゼルとは異なる理由で、苦しげに眉根を寄せていた。

そんな顔をされると、苦しいはずなのにリーゼルの下腹部は――彼を受け入れている濡れた柔肉は、キュンと疼く。

「あぁっ……リーゼル！　そんなに締めつけて、奥へ奥へと誘うなんて……もうこれ以上は我慢できそうにない！」

「んあぁっ」

リーゼルの腰を掴むと、カールハインツは激しい抜き挿しを始めた。大きく腰を引き、突き挿れるという動きを高速で繰り返す。

彼の猛る熱杭を受け入れるだけでもいっぱいいっぱいだったリーゼルに、その刺激はあまりに強すぎる。引き裂かれるような痛みと熱さに、吐息とともに涙をこぼしたほどだ。

だが、苦しいのは最初のうちだけだった。

さんざん性感を引き出されていたリーゼルの体は、やがて隘路を逞しいもので抉られ擦られる感覚に、快楽を覚えるようになる。

「あっ……ぁんっ、んんっ……だめぇ……おかしく、なるっ……！」

奥を突かれると痛みのほうが強いが、引き抜かれるときの感覚がたまらなかった。肉棒の嵩高い部分が、リーゼルの蜜壺の浅いところにある好い場所を擦るのだ。その瞬間がひどく気持ちがよくて、自然と肉襞が彼のものを締めつける。

カールハインツも心得たもので、リーゼルがそこが弱いと察するや否や、角度を変え、わざと浅い部分で何度も抜き挿しをした。ついでに真っ赤に充血して敏感になっている花芽を親指で押しつぶしたものだから、たちまち快感の大波にさらわれてしまった。

「あ……あぁぁぁっ……！」

爪先をピンと伸ばしたかと思うと、甲高い声で啼いて、リーゼルはビクンビクンと体を跳ねさせた。脳が焼き切れるのではないかと思うほどの快感に、頭が真っ白になっていた。

腰が跳ねるのに合わせて、蜜壺も蠕動する。それによって太く硬いものを締めつけてしまっ

て、また気持ちがよくなる。

だが、自身が達しただけでは終わるわけがない。男女の営みは、男が精を吐き出すまでだ。リーゼルが激しく達したことで箍が外れたらしいカールハインツは、リーゼルの両脚をさらに大きく開かせて叩きつけるかのように腰を振り始める。

「あ……だめ……こわれる……あぁっ……」

達したばかりのところに強すぎる刺激を与えられ、飛んでいた意識を引き戻された。やっとのことで声にした訴えも、肉と肉がぶつかりあう淫らな音にかき消される。

「リーゼル……リーゼル……愛してるんだ……これから、私の欲望で君を穢すことを許してほしい」

「んっ……んぅ……は、ぁっ……」

顔を舐め回す勢いで口づけながら、獣のようにカールハインツは腰を振る。呼吸を確保するのがやっとのリーゼルは、もはや声を上げることすらできない。

激しく揺らされる体がどうにかなってしまわないように、彼の背中にしがみつく格好になる。

(……どうしよう……壊れてしまいそう……)

彼の熱意を受け止めているうちに、そんなことを思う。それほどまでの情熱をぶつけられていた。

同時に、こうして自分が彼の関心を引いていれば、世界が滅ぼされることはないのではとも考える。

　こんなに激しく愛せる人が、その熱意や強さを憎むほうに向ければ、世界すら壊しかねないのだろうと。

　それなら、彼の激しい感情はすべて自分が受け止めればいい。彼の関心が魔法より自分に向けば、きっとあの悲しい未来は回避できるはずだ。

　そう思うと、使命感のようなものが湧くと同時に、愛しさが増した。

　強い魔力を有しながらも孤独で繊細なこの青年を守れるのは自分しかいないのだと、そんな気持ちになる。

「あぁ……」

　腰を振るカールハインツが、何かを堪えるような声を出した。おそらく、果てが近いのだろう。繋がる前から果ててしまいそうだと言っていたくらいだ。きっと、もうその我慢は限界に近い。

「あっ……カール、ハインツさま……んっ、きて……」

　彼の頭をかき抱くように胸元へと引き寄せ、リーゼルは名を呼んだ。何も不安に思うことはない、すべて吐き出してしまえばいいと祈るようにして思いながら。

　その想いが彼に伝わったのか、カールハインツは何度か激しく腰を揺らしたあと、思いきりリーゼルの奥を突き上げた。

「……あぁんっ！」

「く、ぅ……」

屹立が最奥の柔らかな壁を抉ったその瞬間、先端から飛沫(しぶき)が迸(ほとばし)った。力強く、震えるように脈打つたびに、彼の欲望が雫となってリーゼルの中へ注がれていく。

その雫の一滴も逃さないとでもいうように、リーゼルの内側も咥(くわ)え込んだ彼のものに絡みつき、搾り取るような動きをする。その動きは、彼のものが脈動をやめてもしばらく続いた。

「……まさか、こんなに気持ちがいいものだとは。途中、我を忘れてしまい、すまなかった」

ゆっくりとリーゼルの中から出ていくと、カールハインツは名残惜しそうに口づけて言った。

彼が出ていったあと、蜜壺からは生暖かい液体が流れ出る。蜜と、彼が注いだ精が混じり合ったものが。

秘めた場所が濡れているのは落ち着かないが、嫌な感じではなかった。だが、その落ち着かなさを解消したくて、リーゼルは隣に横になったカールハインツにしがみつく。

汗と、男性の匂いがする。雄の匂いといってもいいのかもしれない。

クラクラと目眩(めまい)がしてくるようなその匂いを吸い込みながら、リーゼルは彼の胸に甘えた。

「これで、私はあなたのものです。あなたが自分を〝君のもの〟と言ってくださるように、私も〝あなたのもの〟ですよ」

愛しているという言葉よりも何よりも、それは伝えたいことだった。

結局のところ、時が戻る前の世界では、何が彼を駆り立てたのかはまだわかっていない。これから探らなければいけないことだし、防がなくてはならないことではあるが。

それでも、彼が孤独であるのは明白だった。そのことをひどく寂しいと思っているのも。

だから、リーゼルは彼の居場所に、寄る辺になりたいと思ったのだ。

「リーゼル……ああ、そうだな。何も持たない私の世界で、君だけが私のものだ。妖精姫、私の女神……」

子供が不安な夜を乗り越えるためにぬいぐるみを抱きしめるように、カールハインツはリーゼルを抱きしめた。そうされると愛しさと同時に切なさが、リーゼルの胸を締めつけた。

「カールハインツ様……いい子いい子。眠りましょうね」

幼子をあやすように、優しくその背を撫でながらリーゼルは言った。

目の前にいるのは、自分よりもはるかに逞しい大人の男性だ。だが、リーゼルが想像の中で抱きしめているのは、孤独のまま誰にも省みられることなかった、可哀想な小さな子ども。

その哀れな子どもを慰めるつもりで、リーゼルは優しく優しく呼びかける。自分が子どもの頃、母や祖母にそうされて安心したように。ぬくもりと穏やかな呼びかけが、寂しさを埋められることを知っているから。

「リーゼル……私は君のものだ」

「ええ。私のものですよ、カールハインツ様」

愛しているという言葉の代わりに、そんな甘やかなやりとりをしながら、二人はいつしか眠りに就いていた。

ぬくもりが溶け合うように眠った翌朝。

リーゼルは小さくくしゃみをして目が覚めた。そして、毛布を引き寄せようとして己が何も身に着けていないことに気がついた。

それから、昨夜の記憶を急激に取り戻す。

「そうだったわ、私……」

めくるめく夜を思い出して、本当に目眩がしてくるようだった。夢中で彼に触れ、触れられたが、よく考えればとんでもないことをしたものだと今さらになって気づく。

火遊びは貴族社会には付きものだが、あくまでそれは結婚してからのこと。未婚の、特に女性にとってはご法度だ。婚前交渉なんて……許されるわけがない。

体が冷えてしまったと同時に冷静さが戻ってくると、リーゼルは自分の大胆さが恐ろしくなった。何より、いけないことをしたはずなのに、睦み合う行為の気持ちよさを知ってしまったのが怖かった。

(初めては、ひどく痛く苦しいものだと聞いていたのに……)

口づけも、触れられることも、とても気持ちがよかった。あの太く逞しいもので内側の弱い部分を擦られるのは、それこそ天にも昇る気持ちだった。体に残る痛みや怠さすら、昨夜の快楽を思い出させるようで、罪深く感じられる。

まだ結婚もしていないのに肌を晒してしまったのは恥ずべきことなのに、その上快感まで覚えてしまっただなんて、自分のはしたなさが嫌になる。

「せめて何か着ないと……」

隣で眠るカールハインツを起こさないように、リーゼルはそっと寝台を抜け出した。眠る彼は彫像のように美しく、侵しがたい神秘性すら感じさせる。

そんな美しい人と恋人になり、そして昨夜ひとつになったのだと思うと、罪悪感はあるもののやはり喜びが勝る。

朝の光が射し込む部屋の中はどこかの礼拝堂に似た雰囲気で、寝台に横たわる彼の姿は神々しくも見えてくる。

部屋の中を見回すと、小さな衣裳箪笥があった。扉を開けると、仕立ての良いドレスが何着かかかっている。その中にガウンもあった。きっと彼がリーゼルのために用意してくれたのだろう。

この部屋だけでなく、ここにある何から何まで、彼がリーゼルのために選んでくれたものだ。そのことに気づくと、改めて想われていることを実感する。

ガウンに袖を通して、迷ってからお守りのペンダントを身に着けた。裸でいることよりも、祖母にもらってからずっと肌身離さず持っているものを一時的とはいえ外していたことが落ち着かなかったから。

「……少し、換気しようかしら」

部屋の中は、昨夜の濃い情事の香りを残している。この中にいたら、また彼がほしくなってしまうかもしれないと、リーゼルは窓をわずかに開けて風を入れようとした。

新緑の匂いが混じる爽やかな風が、かすかに吹き込んでくる。

心地よいが、このままではカールハインツが寒いかもしれないと、何かもう一枚体にかけてあげようかと考えたとき、それは起きた。

「……え？　なに？」

ビュンッと何かが窓から入ってきたかと思うと、それはあろうことかリーゼルの胸元に飛び込んだ。

硬く、ひんやりとしたものが胸元で暴れ回る。突然のことに、リーゼルはどうしたらいいかわからなくなった。

「どうした、リーゼル？」

「カールハインツ様、あの、何かが服の中に……」

リーゼルの悲鳴を聞いて、カールハインツが目覚めた。何がなんだかわからずに混乱しているリーゼルの様子を見て、彼はすぐさま駆けつけてくれる。

「リーゼル、失礼するよ」

「きゃっ」

ひと言断りを入れてから、カールハインツはリーゼルのガウンの中に手を入れた。

胸元で暴れ回る何かと、それを追う彼の手。二つの異なる感触に肌を撫で回され、悲鳴を上げそうになるのを必死でこらえた。声を上げれば彼の気が散ってしまうと思ったからだ。

「よし、捕まえた！　……なんだ、これは？」

やがて、彼は暴れ回る何かを捕まえて、ガウンの外に引きずり出した。のたうち回るその姿を見て、リーゼルも首を傾げる。

「トカゲ……？」

それは、細長い生き物だった。白く、ほのかに光を帯びて見えるような堅い表皮に覆われた、トカゲに似た生き物。だが、その背中には小さな羽が生えていた。

「リーゼル、こいつはどこから来たんだ？」

「えっと、窓からです。換気のために開けた窓からビュンッと……」

「ということはやはり飛んで入ってきた、つまり背中のこれは飛行のためのものということ……？」

トカゲを捕まえたカールハインツは、もうそれに夢中になってしまった。

彼は裸のままベッドに腰かけて、しげしげとその生き物の観察を始めた。歯の形状から何を食べているのかを推測し、飛行能力を試し、何ができる生き物なのかを調べようとしていた。

その姿はまるで、新しい玩具（おもちゃ）を手に入れた子供のようだ。昨夜遅くまで甘く逞しくリーゼルをとろかしていたのと同じ人物とは思えない。

「……カールハインツ様、着替えを手伝ってください」

放っておけば彼がいつまでもトカゲに夢中になっているのは目に見えていたから、仕方なくリーゼルは声をかけた。彼の腕を取り、それにギュッとしがみついてみる。

「あ、リーゼル……すまない。珍しい生き物を前につい、興奮してしまって」

「いいですけれど……あまり放っておかれると寂しいし、困ってしまいます」

「ごめんごめん」

リーゼルが拗（す）ねたのがわかったからか、彼は優しく笑って、すぐに魔法で服を着せてくれた。従者をつけていない彼がいつもどのように身支度をしているのか気になっていたが、今その秘密がわかった。

魔法で着替えさせてもらい、お伽噺（とぎばなし）のお姫様にでもなった気分でリーゼルは帰宅した。

カールハインツに想われていることも、それこそ身をもって知ることができた。

だが、このままうまくいくことばかりではないのだろうということも、そのときすでに予感していた。

第三章

初めての夜を過ごした翌朝に感じた予感は、やはり的中してしまった。

あれから、カールハインツはあの不思議な生き物に夢中だ。

これまでと同じように放課後は彼の研究室で逢瀬(おうせ)を重ねているし、リーゼルが研究に行き詰まっていると相談に乗ってくれる。

優しい完璧な婚約者であることに変わりはないが、彼の興味の比重が完全に自分からトカゲに移ってしまっているのを感じていた。

(これは……まずいかもしれないわ)

リーゼルはひとり、危機感を覚えていた。

彼の関心が自分に向けられなくなってしまう心配というよりも、この世界の心配だ。

彼は魔力に溢れ、それゆえ魔法に長け、のめり込めばそればかりになってしまう性格だ。そのせいなのか、時が戻る前の世界では、彼は世界を滅ぼした。

一体どんな魔法を使ったのかはわからないが、彼自身の姿が人間ではなくなってしまった上、膨大な魔力とそれによる汚染で瘴気を撒き散らし、最終的にすべてを破壊し尽くしたのだ。

それを防ぎたいと、リーゼルは考えている。彼を孤独にしたくないというのも当然あるが、孤独ゆえに彼が禁術に手を出して世界を滅ぼすのを防ぎたい。

彼が化物のようになって、大勢の魔道士から兵器と憎悪を向けられるのは、もう見たくないから。

そのために、婚約者である自分に夢中になってくれていればいいと楽観的に考えていたのだが、どうやらそこまでの魅力はなかったのだと思い知らされてしまった。

「確かに、トカゲちゃんは可愛いけれど……」

あの日、突然窓から飛び込んできた不思議な生き物を、リーゼルは〝トカゲちゃん〟と呼んでいる。

カールハインツが調べてはみたが結局何の生き物かはまだ特定できておらず、彼に名前をつける気などないため、便宜上そう呼ぶようになった。

今まさに自分から婚約者の関心を奪っている存在ではあるが、リーゼルにも懐(なつ)いてくるその生き物を嫌うことなどできなかった。

どうも食事のほかに魔力を摂取したがるようで、リーゼルの胸元に入り込んで魔力を摂取するのがお気に入りのようだ。魔力摂取後、体表がほんのり薄紅がかった色に変わるのもまた可愛い。

カールハインツの魔力よりリーゼルのものを気に入っているらしいのも、愛着が湧いてしまっている理由だ。

だからといって、やきもちを焼かないわけでない。何よりやはり、彼が魔法にあまりのめり込み過ぎるのは心配だった。

彼を信用していないわけではないが、あの光景が忘れられないのである。

彼は一度、世界を滅ぼしている。

そのことを考えると、今の状態は見過ごせないと感じていた。

「あら、リーゼルさん？　どうしたの、溜め息なんかついちゃって」

「マデリーン先生……」

箒の研究をしている友人のエッダに材料を届けた帰り道、廊下をひとりで歩いていると、顔見知りに声をかけられた。

教師用に支給されているローブを着崩して、肩も太ももも大きく露出している何とも艶っぽい女性、マデリーンだ。彼女はこんな見た目でも優秀な魔法薬学の教師で、リーゼルは最近よくお世話になっている。

「研究で行き詰まってるのかしら？　必要な数値が集まらないとかいうのなら、今ある情報でどう論文を書くのかっていう相談に乗るけれど」

「いえ……研究自体は順調です。充実した記録が取れていますし」

「だったらやっぱり、恋の悩みね？」

しなやかに近づいてきたマデリーンは、そう言ってニコリとした。きれいな色の乗った唇が形よく弧を描き、それが彼女を蠱惑的に見せている。

もし自分に彼女のような魅力があれば、カールハインツが魔法にばかり夢中になることはないかもしれない——そんな考えが頭をよぎって、リーゼルは唇をキュッと引き結んだ。

「……恋の悩みというか、実は……彼を私に夢中にさせたくて……」

「あらぁ！　そういう悩み大好き！　というより、解決するのが得意なのよ！」

どう相談したものかと悩みながら口にすると、マデリーンはすぐさま目を輝かせた。

面白がられている気がするものの、「解決するのが得意」という言葉に心惹かれてしまう。

「リーゼルさんの彼って、あのデットマーくんよね？」

「はい」

「なに？　彼ってもしかして淡白なの？　それとも、そういうことに興味ない系？」

艶っぽい彼女に恋の相談をすると、やはり話題は〝そっちのこと〟になってしまうらしい。

相手が誰なのか知られている状態でこの手の相談をしていいものなのか、リーゼルはためってしまった。答え方によっては、きっとカールハインツの名誉を傷つけてしまう。

「淡白とか興味ないかどうかはわからないんですけれど……何というか、彼は魔法の研究にのめり込むとそればかりになってしまうんです。だから、心配で……ちょっと寂しいです」

当たり障りのない、だが本音を含んだ言葉をリーゼルは絞り出す。

本当はこれだけでなく、不安や焦りがあるのだが、そんなことをマデリーンに話しても仕方がない。

「なるほど……わかるわ。彼ってそういうところありそうだものね。というより、男って大体そうなのよ！　夢中になれることがあるって素敵だけど、たまにはこっちを見てほしいわよね」

リーゼルの言葉に、マデリーンは大いに共感してくれた。こんなに魅力に溢れる彼女を放っておける男がこの世にいるのかと驚くと同時に、彼女にも自分と同じ悩みがあることにほっとする。

「先生も、恋人に放っておかれることがあるんですね」

「そうよー。というより、私が魔法薬学に興味を持ってのめり込んだのは、もともとが好きな人を振り向かせるためだったの。だから、私は恋の悩みを解決するのが得意だし、何なら恋の秘薬作りも手伝っちゃう」

「恋の秘薬……？」

今度は、リーゼルが食いつく番だった。

今は、何にだってすがりたい気分だ。

「そうよ、恋の秘薬。これまで長い歴史の中で恋人、または夫婦の悩みを解決してきたすごい薬があるのよ。せっかくだから今から一緒に作りましょう」

「は、はい！　ぜひ！」

一も二もなく頷いて、リーゼルは促されるままマデリーンの研究室へとついていった。

一瞬、卒論に集中しなければいけない時期にこんなことをしていていいのだろうかと、迷う気持ちが生じた。

だが、たとえ素晴らしい卒論が完成したとしても、カールハインツがあんなふうになるのを防げないのなら意味がない。

それならば、これからマデリーンと一緒に恋の秘薬を作ることもきっと必要なことなのだと言い聞かせた。

「ここが、マデリーン先生の研究室……」

彼女の研究室として案内されたのは、整頓はされているものの地味な、こぢんまりとした部屋だった。彼女の身なりや雰囲気から想像するような要素は一切なく、堅実な研究者のものといった感じだ。

「そういえば、ここに来るのは初めてだったわよね。意外に地味だって思った？」

彼女自身も自覚はあるらしく、意外そうに部屋を見回すリーゼルにすぐに気がついた。

「いえ……ただ、とても片づいているなって」

「デットマーくんの研究室、散らかってそうだものね。物が多いタイプというか」

「そうですね。収納のための空間魔法を考えたとか言ってました」

「魔法を極める男って、大体が凝り性なのよ。そういうの好きになると、苦労するわよねぇ」

マデリーンは楽しげに言いながら、小さな抽斗がたくさん並んだ棚から、薬の材料と思しきものを取り出しては作業台に並べていく。

それは乾燥させた薬草から、ヤモリの黒焼きやら、得体の知れない何かの皮から鱗まで様々だ。

薬草を育てるのが主で、薬学には精通していないリーゼルには、その材料を見ただけではどんな薬ができあがるのかさっぱりわからない。

だが、魔法薬学の教師であり、魅力的な女性であるマデリーンのいうことなら信じられる。だから、言われたとおりに材料をそれぞれ乳鉢ですり潰し、順番を守って小鍋に投入していく。

「『まわるまわる糸車　運命の糸車　女神が手繰るその糸に　愛しのあの人の心の端を　くるり巻きつけわたしのもとに』」

小鍋をかき混ぜながら、マデリーンが古語の混じる不思議な節の歌を歌う。それはおそらく呪文だ。

その証拠に、かき混ぜ続けるうちに、小鍋の中の液体が不思議な色に輝き始める。

苦味が強そうな深い緑色から、甘い匂いのする薔薇色へと変わっていく。甘そうな材料など入っていないのに、様々な材料が鍋の中で混ざり合って、薬として変化していったのだ。

「あとは、もう少しサラサラになるまで根気強く混ぜ続けてね。気を抜くと焦げちゃうから」

「わかりました」

今はまだ粘度の高い液体がサラサラになるのかと不思議な気分だが、薬づくりとはそういうものだとリーゼルはもう知っている。

「先生は、この薬の作り方を古い書物で知ったのですか?」

古語が含まれていたのが気になって、思わずリーゼルは尋ねていた。カールハインツも古い書物を読んで、大昔の魔法を学ぶと言っていた。だから、もしかすると古の魔法にまで関心を持つことは、研究者になるために必要なことなのかと気になったのだ。

「ううん、違うのよ。これは私オリジナルの魔法なの。……今よりずっと若いときに考えたから、古語が入ってるほうが〝それっぽい〟かなぁとか思っちゃったのよ」

いつも余裕で大人の魅力あふれると感じていたマデリーンが、珍しくはにかんだ。その恥じらう少女のような表情に、リーゼルは思わず親近感を抱く。

「魔法への憧れとか、イメージとか、ありますよね。……私も実は、絵本で見るみたいな大鍋で薬をかき混ぜてみたいとか、飾りが可愛い長杖を持ってみたいとか、入学してしばらくは思ってました」

「わかる! 実用性を考えたら小鍋が理にかなってるし短杖が使いやすいのも理解できるけど、ロマンってあるものね!」

魔法を学ぶ前に持っていた憧れと実情の乖離に対する思いを口にすると、マデリーンは激しく同意してくれた。まるで同級生と話しているようで、楽しくなってくる。

その後もしばらく、子供のときに使ってみたかった魔法や、今後の魔法に期待することなど、会話が弾んだ。

おしゃべりしつつも手は休めず動かし続けたから、小鍋の中にはサラサラになった桃色の液体が出来上がる。それを小瓶に移せば完成だ。

「……できた。これが、恋の秘薬」

初めて作った薬だが、どうやらうまくいったようだ。それが嬉しくて、リーゼルは笑顔になる。

そんなリーゼルに、マデリーンも微笑む。

「頑張って呑ませるのよ。こっそり、一滴でも呑ませたらうまくいくから」

「はい！」

「……ねっとりした夜を楽しむのよぉ。その効き目、本当にすごいから最高よ」

「え……？」

研究室を出ると、マデリーンはリーゼルの肩を叩いて意味深なことを言った。どういう意味なのか尋ねようにも、彼女は「それじゃあねー」と気まぐれな猫のように去っていったあとだ。

仕方なく、小瓶を手に歩きだす。

気がつけば、いつもカールハインツと会う時間になっていた。ここから彼の研究室へは、すぐにたどり着けてしまう。

「……ねっとりした夜って、つまり、そういうことだよね……？」

出来上がった恋の秘薬が、まさかの媚薬(びやく)であることに気づいたリーゼルは、これを彼に呑ませることにためらいを覚えていた。

確かに彼にこちらを向いてほしい気持ちはあるが、媚薬を盛りたかったわけではない。

せっかく作ったが、これを使うかどうか決めかねたまま、彼の研究室にたどり着いてしまった。

「失礼します」

「やあ、リーゼル。待っていたよ」

ドアをノックして中へと入ると、すぐさま返事があった。いつもなら、机に向かって集中していて、近くまで行かないと気がつかないのに。

入室してすぐ存在に気づかれるとは思っていなかったから、リーゼルは慌てて持っていた小瓶を後ろ手に隠した。

「リーゼル……？　後ろ手に隠したものを見せてごらん」

咄嗟に隠したものを、カールハインツは見逃さなかった。

彼の目は、やや剣呑な色を帯びている。怒っているわけではないのだろうが、このまま無理に隠そうとすればどうなるかわからない。

もともと人間不信のきらいがある人だ。そんな人に隠し事をするのは悪手だとわかるから、リーゼルは観念した。

隠したかったわけではなく、ただ怖気（おじけ）づいただけなのだし。

「……これ、です」

仕方なく、リーゼルは背後に隠したピンクの小瓶を差し出す。

「薬品の入った小瓶？　もしかして、毒？」

試すように少し意地悪な表情で尋ねてくるカールハインツに、リーゼルは慌てて首を振った。冷たい声色にもドキリとさせられて、嫌われたくないという気持ちになった。

「違います！　毒なんかじゃ……」

「それなら、なぜ隠したの？　疚（やま）しいことがあるから隠したんじゃないの？」

「それは……媚薬、だから……」

「媚薬？」

疑われたくなくて正直に打ち明けたが、やはり恥ずかしさはどうにもならなかった。

はしたない女だと、嫌われてしまったかもしれない。もしかすると、軽蔑されたかもしれない。

彼が小瓶を光に透かして確かめるように見つめる姿に、羞恥心が湧いてくる。秘密にしておきたい趣味嗜好が暴かれたような気分になって、ひどくいたたまれなかった。

「市販品ではないようだ。ということは、自作だね？」

「……はい」

「どうしてまた、こんなものを？」

もう疑われてはいないようだが、彼は心底不思議そうにしていた。咎められるより、不思議そうにされるほうがつらいかもしれない。

「……マデリーン先生に、『大好きな人を夢中にさせたいなら、恋の秘薬を作ればいいのよ』って教えてもらって……私、魔法薬学が得意だからって……」

「なるほど……男の精気を吸って若さを維持していそうな、あの教師に言われたのか」

「はい」

「そんなことをしなくても、私は君に夢中だというのに」

すべて話しても、やはり彼は納得できないという顔をしていた。それは仕方がないことだろう。リーゼルが勝手に危機感を覚えただけで、彼はただ魔法の研究に勤しんでいたにすぎないのだから。

「まあ、いいか」

「えっ」

納得いかない顔をしたまま、カールハインツは小瓶の蓋を開け、それを一気にあおった。だがその直後、すぐさまリーゼルの口を塞ぐ。

「んくっ……んっ……んっ……」

彼は媚薬を飲んだように見せかけて、それを口移しでリーゼルに与えた。咄嗟のことで少し口の端からこぼれてしまったものの、ほとんどを飲み干してしまった。

「残念だが私には、この手の薬は効かないんだ。毒殺に備えて昔から、様々な薬物に耐性をつける訓練をしてきたから」

「そう、だったんですか……」

彼も少しは口にしただろうに、平然とした顔をしている。どうやら、本当に媚薬の類は彼には効かないようだ。

だが、リーゼルはそうはいかない。魔法薬学の教師マデリーンに教わった媚薬に、何の効果もないわけがないのだから。むしろ、その効果は絶大だ。

「ふぅ……はぁ……」

「息が荒くなっているね、リーゼル」

「あぁっ」

カールハインツがふっと息を吹きかけるだけで、ものすごい快感が走り、リーゼルはしゃがみこんでしまった。

心臓がバクバクと鳴り、体が熱い。どこもかしこも感覚が過敏になって、気がおかしくなりそうだった。

「んー、これは……大変なことになっているな。媚薬なんて効かないから興味ないと思っていたが、恋人に盛るのは悪くない」

「ひっ……」

しゃがみこんだリーゼルの頭を、優しく優しくカールハインツは撫でた。たったそれだけで、リーゼルの口からは甘い悲鳴が漏れる。

頭を撫でられるのは、官能を引き出す行為ではないのに。

「目が潤んで、頬が上気して、呼吸が乱れている。まるで私に組み敷かれて貫かれているときのような表情じゃないか。私の妖精姫は、やはりかわいい。——頭を撫でてこれなら、もっと気持ちがいいことをしたらどうなってしまうのだろう」

「ひゃんっ」

リーゼルの表情は、ひどくカールハインツをその気にさせてしまったらしい。彼はリーゼルを抱きしめて、おもむろにその耳に唇を寄せた。

「今の君なら、囁きだけで達することすらできそうだ。私は、清楚な君が好きだ。だが、そんな君が私の手で淫らに花開くのはそれよりもっともっと好きなんだよ」

「ふ、ぅ……」

「乱れる君をたくさん見せて」

「う、ぅぁ……」

耳元で囁かれるだけで、リーゼルの体は震えた。信じられないくらい気持ちがいいのだ。彼に触れられている場所が、彼の息がかかる場所が、愛撫されたみたいにジンジンと熱を持つ。

「直接肌に触れてもいないのに、気持ちよくなってしまっているんだね。君の可愛らしい薄紅色の蜜口は、今頃たっぷり蜜をこぼしているのかな？」

「は、ぁ……」

「君の蜜は甘くていい匂いがして、舐めると頭の芯がクラクラしてくるようなんだ。君も、私に舐められるのが好きだよね？　可愛い声で啼いて、『もっと舐めて』と言わんばかりに、腰を揺らしておねだりするもんね？」

「ふぅ……はぁっ……」

カールハインツの囁き声は、まるで直接脳に響いてくるようだった。彼の声を耳に吹き込まれると、下腹部が――子宮がキュンと疼いて、それが蜜壺の収縮を促す。蜜壺が締める動きをすると、ジュワ……と蜜が溢れて、それが下着を濡らすのがわかった。

彼が言ったとおり、リーゼルは囁き声だけで快感を得ていた。このまま彼が、情事の想像を掻き立てるような言葉を耳に吹き込み続けたら、はしたなくも達してしまうだろう。

そんなことを想像するだけで、情けなくて泣きたくなるのに、それと同時にどうしようもなく期待してしまっていた。

「リーゼルの蜜で濡れた膣を、指で可愛がってあげたいな。指を抜き挿しするだけで、君は悦んでくれるものね。くちゅくちゅって、気持ちよさそうな音を立てて蜜をさらに溢れさせて」

「あっ……だめぇ……はぁ……ふ、ぅ……」

カールハインツはついに、囁くだけでなく耳を唇で食み始めた。わざと濡れた舌を這わせ、時折音を立てる。すると、まるで耳が犯されているような気分になって、リーゼルは体を震わせて悲鳴を上げた。

「かわいい……リーゼルは、耳も弱かったんだね。それなら、今度蜜壺を可愛がりながら耳も舐めてあげよう。くちゅくちゅって音、どちらからしてるかわからなくなるね」

「あぁっ……耳舐めちゃ、だめ……音、だめぇ……あっ、あ……だめっ！　くる！　きちゃぅ……！」

リーゼルが善がるのが楽しいらしく、カールハインツは執拗に耳を愛撫した。わざと音が立つように舐め、啜り、行為の疑似体験でもさせるように耳穴を舌先で犯すように撫で回した。

するとリーゼルは、与えられる快感に身悶えしながら、激しく達した。囁かれ、耳を舐められただけで、まるで蜜壺をかき回されたときのように果ててしまったのだ。

「はは……すごいな。本当に果ててしまったね。それなのに、体の疼きはまだ収まらないと……恐ろしい薬だ」

カールハインツが言うように、リーゼルはまだ落ち着きを取り戻していなかった。それどころか、先ほどよりも苦しくなっていると感じていた。

「カールさま……たすけて……体、熱くて……奥が、苦しいの……」

カールハインツに体を支えられたまま、リーゼルはもじもじと膝頭を擦り合わせた。まるで催しているのを必死に我慢している子どものような仕草だが、リーゼルが我慢しているのは当然そういったものではない。

「並の絶頂では薬の効果が切れない媚薬か……何てものを作ったんだ、君は」

「ひゃんっ」

「太ももまでびっしょりじゃないか……下着なんて、まるでおもらししたみたいに濡れているる」

「やっ……」

リーゼルのスカートの裾をたくし上げると、カールハインツは太ももに手を這わせた。彼が言うように、下着を伝って滴ったものが、脚をすっかり濡らしてしまっている。当然、下着はその役割をもう果たしていない。

「リーゼル、君の好い場所に触れて楽にしてあげようね」

「きゃあっ！」

下着が取り去られてたかと思うと、いきなり指を二本、蜜壺に突き立てられた。蜜を溢れさせ、物欲しそうに口を開けていたそこは、乱暴な挿入にもかかわらずカールハインツの節高な指を嬉しそうに受け入れる。

「あっ、だめ！　あぁっ！　あんっ！　すごいっ……あぁっ……あっ……ぁんっ」

指を激しく抜き挿ししながら、彼の親指は容赦なく花芽を嬲る。親指で押しつぶすようにくるりと刺激すると、薄皮に守られていた陰核を剥き出しにし、それを蜜をまぶしながら攻め立てる。

浅いところにある弱い部分と敏感な陰核を愛撫され、リーゼルはあられもない声を上げている。恥じらう余裕はもはや、残っていない。

媚薬によって火照らされた体は今、ただひたすらに愛撫を求めている。頭が熱で浮かされて、愛する男に気持ちよくされることしか考えられなくなっていた。

だが、突然未知の感覚が訪れ、リーゼルは焦った。刺激されている部分の奥から何かがせり上がってきて、外に解放されたがっているような、そんな感覚だ。

「だめ……カールさまぁ……とまって……だめ、だめぇ……」

「そうか、いよいよか……」

「指、ぬいて……だめ！　出ちゃう！　出るっ」

強烈な尿意にも似た感覚に、リーゼルは焦っていた。気持ちよさよりも、粗相をしてしまう恐怖が勝る。涙を流し、必死に恋人に懇願する。このまま彼の腕に抱かれて失禁するなんて恐ろしい。

それなのに、カールハインツは嬉しそうに喉の奥で笑ってから、指の動きを一層激しくした。

「いいよ、リーゼル。そのまま出していい。それは君が上手に気持ちよくなれている証。……私はそんな君も愛しいよ」

「……あああぁぁぁっ！」

彼の指が、リーゼルの好い場所をひと際強く押した。その瞬間、蜜壺は激しく収縮し、指を締め上げる。それと同時に、蜜口から飛沫が上がった。

蜜とは異なる、サラサラの液体。

たまらない気持ちよさに粗相をしてしまったと思ったリーゼルは、羞恥のあまり泣き崩れた。

「あぁ……ごめんなさい、カールハインツさま……私……わたし……」

「大丈夫だよ、リーゼル。気持ちが良くなっただけで、恥ずかしいことではないから。女性は気持ちよくなると、ああなってしまうらしい。……知識としてはあったが、まさか私の指で君をその境地に至らすことができるとは」

羞恥に頬を染め涙を流すリーゼルを、カールハインツは優しく抱きしめて慰める。その慈愛に満ちた彼の腕の中ですら、リーゼルは淫蕩（いんとう）の炎を消せずにいた。

先ほどあんなに激しく達したというのに、まだ媚薬の効果は切れない。

「その様子だと、リーゼルはもっと気持ちよくなりたいんだね？」

耳元で問われ、リーゼルはコクコク頷く。

指で刺激されたから、余計にほしくなってしまっていた。

下腹部が疼いて疼いて、仕方がないのだ。その疼きは、奥を可愛がってもらうまで鎮まらないと体はわかっている。

「研究室だから広い寝台はないというのに……」

「ん……ここでいいです。ここで可愛がってください」

口づけられ、意識をさらに蕩けさせながらリーゼルは言う。恥じらっていても、気持ちよくしてもらえない。それならば、素直に欲望を口にしたほうがいいと気づいたのだ。

「カールさま、ほしいです……んぅ……たくさん、気持ちよくしてください」

「そんなに煽って……少々優しくできないが、許してほしい」

カールハインツはリーゼルを壁に手をつかせると、スカートの裾を持ち上げた。下半身が外気に触れ、熱を持ったリーゼルはそのひやっとした感覚にわずかに震える。だが、それ以上にこれから訪れる快感に気持ちが昂っていた。

背後で、彼が服を脱ぐ気配がしたかと思うと、すぐに彼の温もりを感じた。蜜口に硬いものを押し当てられた直後、それは一気に貫いてくる。

「あっ、はあぁっ……！」

熱く溶けきっていた部分に、いきなり剛直が割り入ってきて、その気持ちよさにリーゼルは思わず爪先立ちになろうとした。好すぎる感覚から無意識に逃れたがったのだ。

だが、カールハインツが逃がすわけがない。

「あぁ……ぁんっ！　そこぉ……」

彼はリーゼルの腰を掴んで逃げられないようにすると、力強く突き上げる。先ほど切なく疼いていた下腹部――子宮が、押しつぶされるような心地がする。

そんなに乱暴にされたら痛みを感じそうなものなのに、リーゼルはこれまでにないほどの快感を感じていた。

目蓋の裏がチカチカして、頭が真っ白になりそうになる。

カールハインツの硬く太い熱杭に貫かれる己の体を知覚しているのに、意識のどこかではここではないどこかにいるような、そんな浮遊感がある。

「くっ……リーゼルの中、すごくうねって……もう搾り取ろうとしてくるな」

激しく腰を振る彼が、苦しげな溜め息を漏らした。彼の言うように、リーゼルの中はまるで生き物のように蠢（うごめ）いていた。

濡れた温かな肉襞が、彼のものを締めつけてねっとりと動く。奥へ奥へと切なく締めつける動きで、彼の吐精を促しているのだ。

締めつけ、狭くなっている蜜壺の中を、彼の剛直が容赦なく出入りする。突き入れる動きもかき出す動きも、どちらも敏感なリーゼルの内側を刺激し、さらに蜜壺を収縮させる。

（もうすぐカールハインツ様が果てる……私の中に、温かな精をたくさん注いでくれる）

ぼんやりとした頭でそんなことを考えたリーゼルは、もうそのことしか考えられなくなった。

ほしい。今まさに力強く突き上げられている部分に、勢いよく飛沫を浴びせられたい。

「あっ、んん……カール、さまっ……ほしぃ……あぅんっ……ほしいですっ」

「リーゼルッ……く……」

リーゼルは意識して蜜壺を収縮させた。お腹に力を入れると、キュンと締めつけることを覚えたのだ。

ただでさえ蠕動していた膣をそうして締めたことで、カールハインツは堪えられなくなったらしく、最後にひと際大きく腰を引き、突き立てた。

ドックンドックンドクッ……と、力強い脈動に合わせ、先端から精が溢れた。

「あぅ……出てる……いっぱい……きもちぃ……」

待ち望んでいたその感覚に、リーゼルは甘い呻きで応える。一滴たりとも逃すまいと収縮を続ける蜜壺の動きに、さらに気持ちよくなって腰を揺らした。

「少しは落ち着いたか？」

自身をゆっくりと抜くと、カールハインツはリーゼルの目を覗き込んできた。汗で額に張りついた髪を払ってくれた彼の指の感触が気持ちよくて、また体が疼いてしまう。

「はい……でも、まだ……」

「精を注げば少しは効果が薄れるかと思ったが……やはり、経口摂取の媚薬の効果を打ち消す

には、経口で体内に取り込むしかないのか」

カールハインツは、リーゼルが作った媚薬の効能の厄介さと、それから解放されるためのすべについて説明してくれた。ようは、リーゼルの魔力を込めて精製された媚薬のため、リーゼル自身がそれを取り込んだことで悪酔いのような状態となっているらしい。

悪酔いの状態から脱するには、別の魔力を取り込む必要があるとのことで、魔力を手っ取り早く体内に取り込ませるために中に精を注いだとのことだった。

魔法薬を扱う者として重要な話をされていたのだが、リーゼルはそれどころではなかった。話の出だしに聞かされた言葉が頭の中で延々と繰り返され、もうそのことしか考えられない。

「リーゼル、大丈夫か？　可愛く乱れた君を堪能するのもいいが、やはり中和薬を今すぐ調合したほうが……」

「経口で精を摂取するってつまり……お口でするってことですよね？」

リーゼルはとろりとした表情でカールハインツを見上げ、問いかける。半開きになった口からはわずかに赤い舌が覗き、今にも舌なめずりしそうだ。

日頃の淑やかなリーゼルなら決してしないその表情に、彼は目を瞠る。

「そう、口ですることだ……私は、君の可愛い口に含まれることはやぶさかではないし、そのほうが君も早く楽になるとは思うのだが……無理強いはしない」

「……したいの」

「っ！」

煮え切らないことを言っていたカールハインツだったが、リーゼルがひと言願いを口にすれば、声にならない声を上げて黙り込むしかできなくなった。

それを肯定ととらえたリーゼルは、床に膝をついて彼のものを見上げた。

一度精を放ったというのに、彼のものはまだ力を失っていない。それどころか、今まさにリーゼルの眼差し（まなざし）を受けて、期待によって再び反り返ろうとしていた。

口づけられたとき、彼の舌が口内をまさぐる気持ちよさを知っている。だからきっと、口の中に彼のものを咥えるのは気持ちがいいはずだと、本能で理解してしまっていた。

「ん……」

小さく口を開き、肉棒の先端を含む。

濃い雄の匂いと独特の青臭さ、それから苦味……決して快い匂いや味ではないはずなのに、リーゼルはたちまち心を奪われた。それらをもっと味わいたいと、口を大きく開け、含めるだけ口内に迎え入れる。

「あ……リーゼルっ……」

舐め取る舌の動きに、カールハインツが思わず声を上げた。それが嬉しくて、リーゼルは舌の動きを速める。彼が自分にしてくれるように、舌を使ってたっぷり愛撫してやりたくなったのだ。

カールハインツの魔力を取り込むためという大義名分を得たことで、リーゼルの恥じらいはほとんどなくなっていた。

何より、悦ぶ彼の姿を見たら嬉しくなる。いつも気持ちよくしてもらってばかりだが、相手を気持ちよくすることの楽しさを知ってしまった。

「……何だかしょっぱいものが出てきました」

口に含めない部分は手で握って擦り、先端の嵩高い部分のくびれを念入りに舌先で愛撫しながら言う。先端の割れ目から雫が溢れているのに気づくと、それをチュッと音を立てて啜る。

「あっ……」

「……硬くなった。もうすぐ、出ちゃうんですね？」

握った手の中で、彼の屹立が太さと硬さを増したのに気がついた。屹立の下で揺れていた膨らみが、ぐっとせり上がるのも見えた。

この膨らみの中には精が入っている。ということは、ここも刺激してやると吐精を促せるかもしれない。

名案を思いついたリーゼルは、肉竿への愛撫を続けながら、その下の愛しい膨らみにもそっと触れる。

「そこはっ……あぁ……」

優しく触れると、カールハインツの声が上ずった。触れられたそこも、気持ちよさそうにピクリと跳ねる。

彼の反応に気をよくしたリーゼルは、丹念に舐め、啜り、それから膨らみに触れた。

彼の様子に気を配るうちに、どうすればより悦ばせられるのかわかってきた。リーゼルはやがて、先端を口に含んで舌で愛撫しながら、肉竿を強めに握って擦るのが最も彼が好むものだと理解した。気持ちがいいのか、彼の腰も自然に揺れている。

「リーゼル……！」

「んっ……」

カールハインツはリーゼルの名を呼んで、腰の動きを止めた。彼はどうにかリーゼルの口の中から肉楔を引き抜いた。その直後、熱杭は震え、先端から飛沫を上げる。

「んっ……！」

溢れ出る飛沫を胸で受け止めたリーゼルだったが、少し顔にもかかってしまった。強い雄のにおいを発する白濁に汚され、思わず恍惚(こうこつ)とする。

「……これまで夢想の中で何度も君にこんなことをさせてきたが……まさか本当に叶う日が来るとは」

「カールハインツ様の想像の中の私、そんなことをするんですか……」

カールハインツの思わぬ告白に、リーゼルは恥ずかしくなるとともに体がまた疼いてしまった。彼が言ったように、媚薬による異常な火照りはなくなったように思う。だが、だからといって目の前の恋人と睦み合いたい欲求が消えてなくなったわけではない。

「男は、好きな女性にいろいろしたりされたりすることを想像してしまうものなんだよ。特に寂しい夜なんかはね。それに、君があまりにも妖精のようで侵しがたい美しさを持っているから……せめて想像の中で自分の色に染めたい、穢したいと考えてしまっていたんだ」

彼が恥ずかしそうに打ち明ける秘密を、リーゼルは悦びを感じながら受け止めた。

寂しい夜にひとり己を慰めるときに、彼が自分を思い浮かべてくれていたのが嬉しい。むしろ、そこで別の女性のことを考えられたら悲しいだろう。

「……カールハインツ様の想像の中の私は、ほかにどんなことをするんですか？」

愛しい人が頭の中でどんなふうに自分を穢すのか、知りたくなってしまった。

できれば想像の中に留めず、現実で実行してほしい。彼がどんなふうに可愛がってくれるのか、身をもって知りたくてたまらない。

「いろいろ想像するが……君が自ら私に跨って思うがままに快楽を貪るのは、いつ思い浮かべても高ぶるな。現実の君が、しそうにないからこそ興奮するのだろう」

カールハインツの言葉を聞いて、リーゼルもその光景を思い浮かべてみた。自ら彼に跨るなんて考えたこともなかったが、それはきっと気持ちがいいだろう。何より、恋人が望むのなら叶えてやりたい。

「カールハインツ様、しましょ」

「え」

戸惑っている彼の体を、リーゼルはトンッと簡易寝台のほうへと押した。尻もちをつく格好となった彼の上に、着ているものを取り去り跨る。

「あなたが私にしたいと思っていること、すべて叶えましょう？　だって、これは現実なんですもの。……叶えてくれないと、カールハインツ様の想像の中の私に、ヤキモチを妬いてしまいそうです」

「……リーゼル！」

甘えるように耳元で囁けば、箍が外れたカールハインツが猛然と口づけてきた。

獰猛な舌の動きで、リーゼルの口内を蹂躙している。

そっと唇を重ねるだけの口づけも好きだが、まるで犯し尽くされるかのような荒々しい接吻も好きだ。あまりの気持ちよさに、頭の芯が熱を持ってとろけてくる。

くらくらしながらも、今何がしたいのか、何を求めているのかを見失うことはない。

「……リーゼル！」

「んんっ！　そこ……あっ、あぁっ……」

唇を離したかと思うと、カールハインツは次に乳房に吸いついてきた。大きく口を開けて先端を含んだかと思うと、敏感な頂を舌で突いて転がす。もう片方の乳房は、形が変わるほど激しく捏ねられる。

快感に、リーゼルは身をよじった。すると、彼のものが硬さを取り戻しつつあるのを感じた。だから、気持ちよくなりたくて、つい腰を揺らして敏感な部分を擦りつけてしまう。

乳房を、その先端を愛撫されながら、リーゼルは自分の好いところをカールハインツの逞しいものに擦りつけ続けた。蜜と白濁が混じったものが、泡立って彼のものに塗りこまれていく。擦るたび、どんどん滑りがよくなっていくのは、新たに蜜が溢れてきているせいもあるだろう。

「あっ……カールハインツさまぁ……気持ちぃぃっ……カールハインツさまの、硬いものがっ、気持ちいいところに当たって……あぁぁッ！」

リーゼルが機嫌よく腰を振っていたところ、突如悲鳴を上げた。蜜口と花芽に擦りつけていた屹立が、ぬるりと入ってきたのだ。

偶然ではない。カールハインツが挿れたのである。

「リーゼル、私のものを玩具みたいに扱うなんて……いけない子だな」

「んっ……だって……カールハインツさまの、気持ちいいんだもの……うぅんっ」

先ほどまで蜜口を擦りつけていた肉竿で、今度は内側を擦られる。たっぷり濡れて充血した肉襞は、新たな精を注がれるのを期待して蠢いている。

搾り取ろうと奥へ奥へと、吸いつくように絡むが、それだけでは当然足りない。

「……カールさま、動いていい？」

勝手に動いてまた叱られてはいけないと、今度はカールハインツに許可を求めた。だが、腰はかすかに動いてしまっている。

「いいよ、リーゼル。君の好きに動いてごらん」

「ん……あぁっ……あっ、あんっ」

彼に促され、リーゼルは腰を動かし始めた。彼の上で飛び跳ねることで、激しく彼のものを抜き挿しする。

そうして腰を振るうちに、自分のいいところがわかり始める。どこに、どのように彼のものが当たると気持ちがいいか知っていく。

「……んん……はぁ……ぅ、んっ……」

腰を上げるときは素早く、落とすときはややゆっくりと動かすと、嵩高くなったくびれの部分がリーゼルの弱いところを抉るように擦るのだ。彼に指で擦られても気持ちがいい部分で、そこに自身の性感を引き出すものが集まっているのがわかる。

そこへの刺激に加え、カールハインツはずっとリーゼルの乳房を舐め続けている。それは激しい快感こそ与えないが、ずっと胸の奥や体の奥をさわさわと撫でられるような、少し切なくなるような、そんな感覚を与えてくる。

好きな人が、自分の乳房に夢中で吸いついているというのは、得も言われぬ幸福感がある。

その幸福感に浸りながら彼のものを好いところに擦りつけていたリーゼルだったが、突然の強烈な刺激に悲鳴を上げて大きく体を仰け反らせた。

「んあァッ！」

「そんなぬるい刺激では、果てることができないだろう？　もっと乱れる君が見たいから、私が動くことにするよ」

カールハインツはそう言うと、リーゼルの腰を掴んで下から激しく突き上げ始めた。その動きに振り落とされまいと、リーゼルは自然と彼にしがみつく格好になる。

「あっ、だめ……奥ぅ……はげし……あぁんっ！」

浅いところを擦っていた先ほどまでと違い、彼は容赦なく最奥に肉棒の先端を叩きつける。子宮が押しつぶされるかのようなその動きに、リーゼルはそこも自分の弱いところだったと思い知らされる。

「いっ……だめぇ！　それ、だめ……カールさまっ、やっ、あぁっ、だめぇ！」

リーゼルをさらに啼かせようと、カールハインツは再び乳房を口に含むと、今度は頂に軽く歯を立てて強く吸い始めた。ただでさえ敏感なその場所にかすかに痛みを与えることで、リーゼルの性感を引き出そうとしたのだろう。

下からの激しい突き上げだけでなく、胸への強い愛撫が加えられ、リーゼルは目蓋の裏がチカチカしているのを感じていた。星が瞬くこの感じは、果てが近い証拠だ。

「……三ヶ所を一度に刺激されたら、どうなってしまうのだろうな？」

「え……？　あっ、そこは……あぁぁッ！」

カールハインツの指が、結合部のすぐ上の花芽に伸びてきた。強く押しつぶすように力を入れて花芽を刺激され、乳房を吸われ、最奥を突かれ、リーゼルは達した。

快感の波が意識を押し流していく。頭が真っ白になる。熱い飛沫が自身から迸った感覚はあったものの、それ以降のことはふわふわして何もわからなかった。

「そんなに気持ちよかったのか。……媚薬とは、恐ろしいものだな。これは、効果が抜けるまでしっかり処置しておかないと」

「え、あ……まだ……たっしたばかり……ぅ、んんっ！　あぁっ！」

果ててくったりとしていると、カールハインツがおもむろにリーゼルの体を寝台に横たえてきた。その直後、彼の形にぱっくりと開いたままの蜜口へ、再び肉棒が突き立てられる。

「そこっ……あたって……あぁっぁんっ！　あっ！　だ、めっ！　ぁあっんっ……」

横向きに寝かせられ、脚を大きく開かせられ、うんと奥を突かれる。その姿勢は、いつもと違う場所が擦られ、彼の硬いものが奥まで届き、リーゼルをおかしくさせる。

「くっ……リーゼル、果てっぱなしではないか……ずっと締めつけてきて、食い千切られてしまいそうだ……」

腰を激しく振りながら、カールハインツが余裕のない声を出す。その声すらリーゼルにとっては快感で、もっと聞きたくて蜜壺を締めつけてしまう。

「リーゼルッ……」

「カールハインツさまぁ……すき……はぁ……きもちぃ……」

肉襞を蠢かせ、腰をくねらせ、甘い声を上げながらリーゼルは感じていた。与えられ続ける強い刺激により、もう快楽の頂から下りて来られなくなっている。そのため、体はずっと小刻みに震え、彼のものを咥えこんだ下腹部も痙攣を繰り返している。

「リーゼル……リーゼルッ……！」

「んくっ……カールさまぁ……んん、んぅ……」

正面から覆いかぶさる体勢に変えると、カールハインツは荒々しく動き始めた。そして、獣が獲物にかぶりつくように口づけし、舌を絡め合う。

触れ合う場所すべてが気持ちよくて、リーゼルの意識は快感の坩堝の中でドロドロに溶かされていた。

狭い研究室の中には、二人の肌がぶつかり合う音と、粘度の高い液体がかき混ぜられる音と、荒い呼吸と嬌声が響く。汗と体液と濃厚な男女のにおいが立ち込めている。それら五感を刺激するものすら快感となって、リーゼルを感じさせる。

「リーゼルッ……そろそろ……」

「きて……カールハインツさまぁっ、あぁっ、あぁんっ」

「う……」

ひと際大きく腰を打ちつけたその瞬間、カールハインツのものは爆ぜた。すでに二度ほど精を吐き出したとは思えないほど、濃いものが容赦なくリーゼルの最奥に注がれていく。

それを飲み干すように、リーゼルの蜜壺は震える肉楔を何度も何度も食い締めた。このままでは喰い千切られるのではないかと少し恐れながらも、カールハインツは動けないままリーゼルの上に覆い被さった。

「すまない……あまりに気持ちがよくて、途中から余裕がなくなってしまった」

低く掠れた声で、彼は囁いた。声にまで余裕のなさがにじんでいて、リーゼルはまたキュンとしてしまった。

愛する人が、自分に溺れてくれるのが嬉しい。余裕をなくすほど気持ちよくなってくれているのが嬉しい。

「……カールハインツ様にたくさん気持ちよくされて、気持ちよくなってもらえるのが好きだから、嬉しいです」

「リーゼル、君って子は……ときどき、狂ってしまうのではないかと怖くなるよ。君は本当に、妖精のように私を惑わせてしまうのだから」

ゆっくりとリーゼルの中から出ていくと、彼はそっと隣に横になった。あのまま上に覆いかぶさられていたらきっと、またもう一度とねだってしまっていただろう。だから、離れられてほっとした。

媚薬のせいなのか、欲望が発露しただけなのか、あと何回でも交わりたいと思っていることに気づいてしまった。抱き合っている間は、彼のことを独占できる――そのこと知ってしまったのだ。

「狭い寝台ですまない」

「……こうして腕の中に閉じ込められていると、カールハインツ様の匂いを感じられていいです。ふふ……」

気持ちが高ぶってしまい、蜜壺に力が入った。すると、先ほど注がれた精と愛液が混じり合ったものが、蜜口からドロリと溢れ出す。

これを指に纏わせて浅いところを擦ると気持ちがいいだろうと考えつつ、さすがにそれは我慢した。我慢できるだけ、媚薬の効果が薄れてきたということだろう。まだ効果が持続していたらきっと、リーゼルは我慢できずに蜜口を指でかき回し、もう一度気持ちよくしてくれとカールハインツにねだっていただろう。

その姿を想像して、あまりにもはしたないと思った。だが、愛する人の前で欲望を解放する気持ちよさを知ってしまうと、はしたない己も嫌いではない。それに、愛する人に全身で愛を伝えられる行為だと、強く実感した。

「どうして、媚薬なんて作ったんだ?」

乱れたリーゼルの髪を指で梳きながら、そっとカールハインツは問いかけてきた。その声に咎める雰囲気はない。だから、リーゼルも素直に打ち明けてみようという気になった。

「……やきもち、です。カールハインツ様、トカゲちゃんが来てから研究に熱中していたので、それが寂しくて……」

本当は別の理由もあるのだが、話せるものとしてはこれがすべてだ。

たとえ彼が世界を滅ぼしてしまう恐れがなかったとしても、研究に夢中になって放っておかれれば寂しいに決まっているのだから。

「そうか……寂しくさせていたのか。すまないな」

額に口づけをひとつ落として、とても優しい声でカールハインツは言う。それだけでまた、リーゼルの心は満たされてしまう。

「いいんです。寂しくてたまらなくなったら、これからもこうして甘えにくるので……今度から、媚薬はやめておきますけれど」

「たまにならいいんじゃないか？」

「もうっ！　……あ！　大変！　メグを待たせてしまっているわ！」

彼の腕の中で幸せを噛み締めようとしたところ、リーゼルは大変なことを思い出した。

放課後、いつもなら研究室で少しカールハインツと会ってから迎えの馬車で帰るのだ。

情事に溺れどのくらい時間が経っているかわからないが、メグを待ちぼうけさせてしまっている。

「大丈夫だよリーゼル。ペンが気を利かせて手紙を書いて、蜂に持たせてくれたから。今頃君の侍女は邸に帰っているよ」

　慌てるリーゼルに、カールハインツが安心させるように言った。彼に言われて机の上を見ると、ペンが誇らしげにぴょんと跳ねてから、紙に何かを書きつけた。

「『卒論の対象植物が今夜開花。観測のため植物園に泊まり込みます』って、手紙を書いてくれたの？　……ありがとう」

　リーゼルがお礼を言うと、ペンは用は済んだとばかりにコトンとまた机に横になった。呪われているという理由で叩き売られていたとカールハインツが言っていたが、何て素晴らしいペンなのかとリーゼルは思う。

「朝帰りを咎められる可能性はあるが、少なくとも待たせたままということにはなっていない。だから、朝までゆっくり休もう」

「はい」

　裸のまま、ギュッと抱きしめられ目を閉じた。まだ体は疼くが、疲れて眠りたい気持ちのほうが勝る。

　何より、慣れない体位や姿勢に疲弊していて、ひとたび休む気になるとすぐに眠くなってしまった。

「世界一君を愛しているが、私には研究しなくてはならない理由があるんだ。だから、明日はそのことについて話すよ」

薄れゆく意識の中、リーゼルは小さく返事をして眠りに落ちた。

「……はい」


まだ眠さが残る朝。

「え……なに？　くすぐったい……メグ、じゃない……」

リーゼルは胸元をまさぐるくすぐったい感触に目を覚ました。

寝起きが悪いのに痺れを切らして侍女がくすぐってきているのかと思い、手を払おうとしたら、人肌とは異なる感触に驚いて、パチリと目が覚めた。

「トカゲちゃん……また私の胸元にもぐってたの？　もう……」

ひんやりとしたやや硬質な触り心地は鱗状（うろこじょう）の皮膚の感触だったかと、その姿を見て納得した。

リーゼルにそっと掴まれて、トカゲはそのつややかな宝石のような目で見つめ返してきた。

この不思議な生き物はカールハインツに保護されてからも、こうしてたびたび胸元に擦り寄ってくるのだ。

「そういえば昨夜は、研究室に泊まったのだったわ……」

狭い寝台の上に裸でいることに気づいて、昨夜の情事を思い出した。媚薬のせいとはいえ、あまりにも大胆で奔放だったと、己のことながら恥ずかしくなる。

だが、寝台にはひとりきり。睦みあった相手であるカールハインツの姿はなかった。

「トカゲちゃん、カールハインツ様は？」

「ここだよ」

捕まえたトカゲに尋ねたとき、ちょうどドアが開いて彼が戻ってきた。そのさっぱりした姿を見れば、彼が身を清めてきたのがわかる。

「おはようございます、リーゼル」

「風呂に入ってくるといい。この鍵を使えば、浴場へすぐ行くことができる」

「え、あ、はい……」

リーゼルが渡されたのは、例の鍵だった。これを壁などに差し込めば、望む場所まで行くことができるというすごい鍵。

それがあれば浴場にすぐ行けるのは理解したが、突然自分が現れてそこにいた人が驚かないか気になった。

「安心しなさい。人払いしているから、貸し切りだよ」

「人払い？」

「もし浴場に用がある人がいても迷ってたどり着けないようにしてある」

「それは大変！」

カールハインツの説明を聞いて、リーゼルは慌てた。自分が早く浴場へ行かなければ、いつまで経っても他の人が使用できないということなのだから。

「これを一枚持っていっておいで。制服やその他の身に着けるものは、私がきれいにしておくから」

「……はい」

渡された浴布で体を隠し、リーゼルはいそいそと鍵を使って〝ドア〟を開けた。

以前彼が使っているのを見たときも驚いたが、やはり何度見ても不思議な光景だ。何もないところへ鍵を差し込めるのも、それを回せば鍵が開いてドアが出現することも。

ドアを開ければそこはまごうことなく浴場で、本当に誰もいなかった。とはいえ、不慣れな場所で無防備な姿でいるのは落ち着かない。リーゼルは早速身を清め始めた。

恥じらう気持ちは当然あるが、昨夜の激しい交わりの名残が体のあちこちにあって、早くきれいにしたかったのだ。秘処はまだ濡れている感じがするし、何より二人の体液が混じり合ったものが太ももやお尻を伝っているのが気になっていたのだ。

「……いろんなところが痛いわ。それに、痕が残っている……」

体を清め、浴槽に浸かると、湯の温かさがじんわりとしみ入るようだった。筋肉痛のような鈍い痛みや、白い肌の上に散る赤い痕を見ると、昨夜の激しい行為が思い出されるが、疼くような気持ちも疲れと一緒に湯の中で解れていってしまった。

疲れが取れてくると、思考がはっきりしてきた。そのためリーゼルは、これからのことを意識した。

「……何か、大事な話があると言っていたものね」

微睡みたくなるような湯の温かさに、いつまでも浸っていたかった。だが、昨夜眠りに落ちる前、彼が何か言っていたのを思い出したのだ。

寂しいから魔法にばかりかまけていないで構ってほしいと言ったリーゼルに、彼はやんわりと拒絶をしたのだ。自分には研究しなくてはいけない理由があるからと。

その理由について、これから聞かされるのだ。

「さて、と……あ」

浴場を出るとそこは脱衣場で、鍵を使わなかったことをしまったと思ったが、わかりやすい場所に制服が置いてあるのを見ると、どうやらこれで正しかったらしい。

制服と、下着と、追加の浴布。彼がこれを用意してそっと置いていってくれたことを考えると、やはりとても大切にされているのだと感じる。

リーゼルのことを大切だと思っていても、それでもなお魔法を優先しなければならない事情が彼にはあるのだ。

そのことを改めて心に刻んで、リーゼルは彼の研究室へと戻るために鍵を壁に差し込んだ。

「戻りました。制服も、下着も、きれいにしてくださってありがとうございます」

「お安い御用だよ。それじゃあ、早速行こうか。君を邸に送り届ける前に、寄りたい場所があるんだ」

「はい」

研究室へ戻ると、カールハインツが箒を片手に待っていた。馬車ではなく箒での移動らしい。

「そういえば、魔法学校の生徒たちはお付き合いすると箒に二人乗りしてデートをしますよね。実は私、あれにちょっぴり憧れていて……」

卒業すれば魔法とは関係ない社交界で伴侶を得るものだと思っていたから、箒でのデートは憧れのまま終わると思っていた。事実、時が戻る前はそうだったのだから。

だが、今は違う。在学中にカールハインツという恋人を得て、叶えようと思えばその憧れを叶えられるようになったのだ。

「実を言うと、私もなんだ。ときどき研究室の窓から仲良く飛んでいる生徒たちが見えて、楽しそうだなと思っていた」

「カールハインツ様も、そんなことを思うのですね……」

意外に思ってつい言葉にすると、カールハインツは照れたように笑った。恋人になるまでは知らなかった表情だ。彼は人々が言うような〝氷の魔道士〟などではない。ちゃんと血の通った、温かな人間だ。

「当然あるよ。叶えられないものだと思っていたからこそ、余計にキラキラして見えていた。君のこともね」

そっと彼の手が頬に伸ばされた。彼はこんなふうに時折、リーゼルの存在を確かめるように触れる。

リーゼルが彼とこうして婚約できたことを信じられないと思うように、彼も自分にリーゼルのような存在ができたことを信じられないのだろう。

大層なものではないが、彼にとってはそうではない。きっとそのくらい、彼は孤独で生きてきたのだ。そう思うと、愛しさが増す。

「さあ、行こうか」

「はい」

少しの間触れ合って、覚悟を決めたようにカールハインツはリーゼルの手を取った。二人で校舎の外へ出ると、そこから箒に並んで乗る。

彼が小さく呪文を唱えると、足元に薄く魔法円が光った。それから、ぶわり……と風が巻き上がるかのような感触がしたかと思うと、二人を乗せた箒が宙に浮かぶ。

「すごい……滑らかな飛行ですね」

リーゼルは、自身の飛行術の授業中のことを思い出して感激した。飛ぶのが苦手な生徒の多くが、少し傾斜のあるところから助走をつけて飛ぶものだ。本来ならそんなことをしなくてもいいのだが、魔法を使うのに必要な〝頭に思い浮かべる〟がうまくいかないときは、実際に体を動かすよう言われるのだ。

だから助走もなく、こともなげに二人の人間を乗せた箒を浮かび上がらせたカールハインツがいかにすごいかわかって感激した。

「私も生徒だったとき、飛行術がなかなかうまくいかなくてな。だから、補助のための魔法を発動するための呪文を、敷地内のあちこちに仕込んであるんだ。リーゼルも今後ひとりで飛ぶことがあれば使うといい」

「ありがとうございます」

今のは先輩と後輩らしいやりとりだなと思って、リーゼルは楽しくなって小さく笑った。彼も同じだったらしく、二人で笑い合う。

その近くを、一陣の風が吹き抜けていった。

「リーゼルさーん」

風はすれ違いざま、そんなふうにリーゼルを呼ぶ。

「……危険な飛行だったな。知り合いか?」

「ええと……卒論で速度が出せる箒について研究している友人です、たぶん……」

あまりにも速すぎたため、自信がなかった。だが、危険飛行をする知り合いなど、エッダくらいしか思いつかない。

せっかく甘い雰囲気になっていたものの、エッダがものすごい勢いで通り過ぎていったことで少し冷めてしまった。というより、こうして空のデートをしている理由を思い出したのだ。

「リーゼルは、かつてこの国は溢れ出る瘴気に汚染され、魔物が跋扈（ばっこ）していたことは知っているか？」

ふと、彼がそう尋ねてきた。

魔物がいたことは、魔法学校の歴史の授業で習って知っている。それを倒すために魔導式の兵器が開発され、今も国のどこかに保管されていることも。

その兵器が、カールハインツに向けられるところも、時が戻る前の世界で見た。

「……はい。教科書に載っている程度の内容でなら、一応把握しています」

「そうか。それでは、王都にはかつて〝裂け目〟と呼ばれる場所があったことも知っているか？」

「いえ、それは……」

リーゼルが首を振ると、カールハインツは眼下に小さく見える学校を指差した。

「学校のあるあたりから、王立図書館、それから広場。それらを繋ぐと、かつて裂け目と呼ばれた、魔力が大量に噴出していた龍脈（レイライン）がある。魔法で封じた上に、魔力消費が激しい施設を上に作ったとされている。この学校は言わずもがなだが、図書館も広場も、積極的に魔導式のもの――つまり魔力消費を必要とする設備を導入しているだろう？」

「確かに……図書館は蔵書の呼び出しが魔導式の石版でできますし、館内整備を魔導式ゴーレムたちがしています。広場の噴水も、魔導式だからお祭りの季節は光ったりしているのでしょう？」

「そうだ。地味なものだが、それらはすべてかなりの技術で、なおかつ魔力消費が激しいものなんだ」

「つまり……常時それだけの魔力を消費しておかなければ危険な地帯ということでもあるのですね」

歴史の授業で習って知っていたつもりになっていたが、ここまでのことは詳しく知らなかった。というより、教わっていない。いくら過去の偉大な魔道士たちが築いた設備とはいえ、裂け目と呼ばれる危険な場所に学校や公共の建物があるなんて、公にすれば騒ぐ人も出てくるだろうから。

「そうだ。魔力というのは、許容量を超えると、そこに暮らす生き物たちに途轍もない悪影響を与えるからな。それにより瘴気も発生するようになり、変質してしまう生き物たちもいた。その過酷な環境に適応した人類が、魔道士と言われている」

「確か、体内に〝魔力炉〟と呼ばれる器官を宿すことができたんですよね？」

カールハインツの解説に、リーゼルは授業で習った魔道士と非魔道士の違いについて思い出していた。

「あくまでそれは考え方で、魔力炉と呼ばれる器官が発見されたわけではないのだがな。簡単に言うと、それぞれの生き物に魔力許容量の限界があり、その許容量が多い人間は魔道士となるということだ。これがわかるまで、ずいぶん魔道士は迫害されたらしい。……未だに差別意識を持つ者はいるが」

彼がうんざりして言うのを聞いて、リーゼルの頭にはひとりの人物が浮かぶ。あんなにあからさまな差別をぶつけてくるのは珍しいが、表に出さないだけで良くも悪くも魔道士を特別扱いする人たちは少なくない。

「その人間の差別意識によって最も被害にあったのが、ドラゴンと呼ばれる種だ。彼らは魔力許容量が多いため、死んだり弱ったりすることはなかった。だが、その代わりに凶暴化してしまい、手がつけられなかった」

「魔物と呼ばれるのは、ドラゴンの変異したもの……ということですか？」

「そういうことだ。だから、人類は魔導兵器で魔物化したドラゴンと戦い、魔物化する前のドラゴンも駆逐した。そのため、今では小型種と呼ばれるものしか残っていないんだ」

「そんな……」

〝ひどい〟と言葉を続けようとして、リーゼルは口を噤んだ。

当時の人々のしたことをひどいと咎められるのは、彼らが文字通り戦って今ある平和を築いてくれたからに他ならない。凶暴化した魔物を倒さなければ、そのぶん多くの人間が傷つき死んでいたのだ。それを安全地帯から非難するなどということは、魔道士の端くれとしてできなかった。

「私が最近あの小さな生き物にかかりきりなのは、あれがもしかすると絶滅させられたと考えられる古代種のドラゴンの可能性があるからなんだ。あいつは、現存するどのドラゴンとも違うからな」

彼が今日話したかったことはこれなのかと、リーゼルは背筋に冷たいものが走るのを感じていた。

この国の歴史、裂け目の話と続いて魔物の話をされれば、嫌でもそんな想像をしてしまう。

「……もしかして、トカゲちゃんは危険な生き物かもしれないのですか？　退治するために研究しているのですか？」

「そんな、まさか！」

不安になって尋ねると、カールハインツはすぐさま首を振った。

「私はもともと、魔法を特別なものでなくすための研究をしている。魔法が特別でなくなれば、差別意識もなくなるはずだからな」

「そうだったのですね……すみません、早とちりしてしまって」

「魔法を技術としてもっと広めていくために、様々なものを開発しているんだ。だから、あのいたいけな生き物を退治するなんて、考えるわけがないだろう？」

「そうですよね……」

カールハインツの生い立ちを思って、リーゼルは深く頷いた。

彼は妾腹の子だといって差別され、魔力の才能がずば抜けているという理由で差別された人だ。

そんな人が、古代種かもしれないからとトカゲちゃんを差別するわけがない。そのことに今さら気がついて、リーゼルは己を恥じた。

彼の孤独に寄り添いたいと思ったくせに、自分の中にも彼に対する偏見や差別意識があったということだ。

「……私、カールハインツ様の志や目指すものについて、ちっともわかっていませんでした」

「いいんだ、これから少しずつわかっていってくれれば」

リーゼルが素直に言えば、カールハインツは気にした様子はなく穏やかに返した。だが、その声は暗い。箒に二人乗りをしているため、彼が今どんな顔をしているのかわからないぶん、心配になる。

「ここからが本題なのだが……しばらく私は忙しくなりそうだ。この国の瘴気の量を量(はか)っている研究者から、ここ最近瘴気が濃くなってきているらしいと聞かされたんだ。かつて塞いだ裂け目が広がってきているのではという話もあって、いざとなれば溢れ出た魔力を受け止めるための装置が必要かと考えている。それで、このトカゲを使えないかと考えているのだが……」

「トカゲちゃん、魔力を欲しがりますものね。……それにしても、瘴気が濃くなっているなんて心配ですね」

ていた。

「そういうわけで、いざというときのために研究を続けなくてはいけないいんだ」

彼の話を聞きながら、リーゼルは自分の中でパズルが組み立てられていくような感覚を覚えていた。

そして、理解した。

時が戻る前の世界で彼が何をしようとしていたかということを。闇落ちなどではなく、彼は溢れ出た魔力を自分の身で受け止めて失敗してしまったのだということを。

「……カールハインツ様は、ずっとひとりで大変なものと戦っていたのですね」

「怖がらせてしまったか？　すまない。大丈夫だから。君のことは、私が守ってみせるから」

空のデートを終え、フライベルク邸へとたどり着いた。

すべてが氷解し、思わず涙ぐんでしまったリーゼルを、慌てた様子でカールハインツが抱きしめる。

「君がいなければ、私はこの世界に守る価値など見いだせなかったかもしれない。だが、私には君がいるんだ。だから、必ずやり遂げてみせる。トカゲは今は与える魔力の量を節制しているから小さいままだが、いざとなればかなりの魔力を受容できるはずだ。……とにかく、いろいろと考えているから」

「……はい」

彼が一生懸命なだめてくれるから、いつまでも泣いてはいけないとリーゼルは思った。それに、恐怖や悲しさで泣いているのではない。彼がやろうとしている壮大なこと、それゆえの孤独を思って泣いたのだ。

だが、もう孤独にはさせない。時が戻る前の世界であの悲劇を見てきた自分だから、彼の隣に立てるのだと自負している。

「裂け目を悪用しようと考えている連中もいるとの噂を耳にしたから、気は抜けないが……しばらくはリーゼルの卒論の仕上げを手伝ってあげなければな」

「はい。お願いします」

泣きやんだリーゼルの頭をカールハインツが撫でてくれた。

彼に触れられるのはとても幸せで、離れがたくなる。だが、お互いにこれからすべきことがある。それに、いくら婚約済みとはいえ婚前だ。

名残惜しさを感じつつ、リーゼルは手を振って彼を見送った。

「お嬢様……おかえりなさいませ」

玄関を開けると、メグが待ち構えていた。その顔には、窺うような表情が浮かんでいる。

伝書蜂を飛ばしていたとはいえ、おそらく外泊を快く思ってはいなかっただろう。誤魔化したところで、とっくに彼女には事情は知られてしまっているだろうし。

「……ただいま、メグ」

「お風呂の支度をしますから、お部屋にいてくださいね。入浴後は、おやすみになりますか？」

　リーゼルが申し訳なさそうな顔をしてみせると、メグは一瞬ジトッとした目をしたものの、すぐにいつもの調子に戻る。

「いいえ、どうせならこのまま起きておくわ。しなければならないこともあるし」

「わかりました」

　本当は入浴も辞退したいところだったが、それを言うと怒られそうだからやめておいた。

　部屋に戻ったリーゼルは、すぐに机に向かう。先ほどカールハインツとの会話でわかったことを整理しておきたかったのだ。

「〝あの夜〟の夜会は、魔法学校を卒業してから四ヶ月後のこと。そして、今から卒業まではあと一ヶ月半……つまり、あの事件が起きるまでおよそ半年あるということね」

　紙の上に、わかる限りの時系列を書き出してみた。すると、今から〝あの夜〟は約半年後ということのようだ。

　それが長いか短いかはわからない。ただ、彼の話から考えると、十分な時間ではないことはわかった。

「お嬢様、お風呂の支度ができましたよ……って、それはもしかして、結婚式まであとどのくらいとか計算していたのですか？」

　気になることを紙の上に書き出すのに熱中してしまっていたため、メグがすぐ近くまで来て

いることに気がつかなかった。手元を覗きこまれたのには驚いたが、どうやら中身をしっかり見たわけではなさそうだ。

「えへへ……まあ、そんなところよ」

　誤魔化し笑いを浮かべると、メグの表情が険しくなった。

「もー……いいんですよ。恋人が、婚約者がいるというのは楽しいことでしょうから。ただ、魔法学校を卒業するまではお嬢様の本分は学業のはずです。なので、あまり腑抜(ふぬ)けていてはいけませんよ」

「ええ、そうね」

　メグのお説教はいつものことだが、今日は普段と違って身にしみた。カールハインツの話を、理想を聞いて、魔法にもっと真摯に向き合わねばと思っていたからだ。

「……カールハインツ様の目指すもののためにも、私ももっときちんと魔法に向き合わなければいけないってちょうど思っていたの」

「あの方は、すごい方ですものね。もうご結婚後のことを考えて、旦那様や奥様と魔法具の開発のご相談や今後の展開についてお話し合いをされているみたいですし」

　メグは、ここ最近のリーゼルの両親とカールハインツとのやりとりについて教えてくれた。婚約を申し込みにきたときの話が、かなり現実的なものとして動き出しているらしい。そのあたりもやはり、抜け目のない人だ。

「そうなのね……うちの領地を豊かにすることだけでなく、この国を、世界をよくすることを考えていらっしゃるのよ」

「それならますます、お嬢様がしっかりしませんと！」

それからもメグのお説教は続いたが、リーゼルの意識は別のところへいっていた。

（残り半年間で、何ができるのかしら……でも、〝あの夜〟を防ぐことはきっとできるはずだわ）


決意を新たに、だが穏やかにリーゼルの日々は過ぎていく。

研究対象の植物も順調に育ち、必要な情報はあらかた揃ったことで論文自体もおおよその形は整った。あとは、卒業後もこの研究を続けていくための展望を考えるための時間と作業だった。

他の生徒たちと比べると、かなり余裕の仕上がりである。箒の素材を変えることで出せる速度や瞬発力が変わるのかというのをテーマにしているエッダなんて、まだ箒の試作に追われているようだった。

だから、たびたび素材提供を頼まれるし、相談にも乗っている。

「トカゲちゃんは箒なしでも飛べるからいいね。その小さな羽でどうやって飛んでるのかはすごく気になるんだけど」

植物園の花壇に水をやりながら、リーゼルは自分の周りを飛び回るトカゲに声をかけた。最初に窓から飛び込んできたときと比べ、少し大きくなってきている。とはいえまだドラゴンらしさもなければ、〝あの〟禍々しい姿には似ても似つかない。

あれからいろいろ考えて、〝あの夜〟のカールハインツの魔王じみた姿は、魔力と瘴気を取り込みすぎたトカゲと彼が融合したものなのだろうと推測した。

だから、彼の肌にはうっすらと鱗のようなものが浮かんでいたし、羽を防壁のように使っていたのだろう。

思い出すだけでも身震いするような、おぞましい姿だ。

(何かを防ぐためにあの姿になってしまっていると推測できるのだから……カールハインツ様に話すべきなのかしら……?)

ここのところずっと考えているが、答えが出せずにいる。

〝あの夜〟の惨劇を避けるためには、彼にすべてを話したほうがきっといいに違いない。だが、どこから何を話せばいいのかわからなかった。何より、話したあと彼がどんな反応をするかわからないのが怖かった。

リーゼル自身も、なぜ時間が戻っているのかわからないのだ。それを他人に信じてもらうなど、容易ではない。下手をすれば、頭がおかしくなったと思われてしまうかもしれない。

それに、時が戻る前の世界とはいろいろなことが違ってきているのだ。もしかすると、あの惨劇が起こらない可能性だってある。

　その可能性を信じたいとリーゼルは思ってしまうのだ。

　あの惨劇を防ぐために動くのはもちろんだが、時間を遡行してきたのを話すのは最終手段にしたい。この話をしてカールハインツがどういう反応を示すかわからない以上、話して嫌われる危険を冒したくないというのが本音だった。

「誰だって、好きな人には嫌われたくないものね……って、トカゲちゃん？　何してるの？　何で頭突きするの？」

　あれこれ物思いに耽(ふけ)っていると、トカゲがリーゼルの胸元にグリグリと小さな頭を押しつけてきた。何か狙いがあってしているような行動だとはわかるのだが、意図が掴めず戸惑う。

「もしかして、これ……？」

　もしやと思い制服のブラウスの中にしまっているペンダントを取り出すと、トカゲは目を輝かせ喉を鳴らした。どうやら、このペンダントに触りたかったらしい。

「トカゲはリーゼルの魔力も好きなようだが、どうもそのペンダントに籠(こも)っている魔力も好きなようだな」

「カールハインツ様」

　取り出したペンダントにトカゲがまとわりつくのを見守っていると、カールハインツがやってきた。クルルゥ……と喉を鳴らすトカゲを、面白そうに見ている。

「確かに……そのペンダントに込められているのは変わった感じがする魔力だな」

「これは、祖母の形見のペンダントなんです。そういえば、この前の夜会でブリーゲルという人が、私の祖母のことを知っていて、祖母が特殊な魔力の制御に苦労したとか何とか言っていましたね……」

不思議そうに観察するカールハインツの言葉に、リーゼルはあのいけ好かない貴族の男に言われたことを思い出していた。

言われたときは少し引っかかりを覚えたものの、あの夜会のあとはそれどころではなくてすっかり忘れてしまっていた。

リーゼルが子供の頃に亡くなった祖母のことは、かなり謎が多い。だが、リーゼルの魔力や魔道士の才は彼女譲りであることは聞いたことがあった。

「昔から髪色が人と変わっているととやかく言われたものだ。魔女を異端視する地域では赤毛を魔女だと忌み嫌ったり、女神信仰が強い地域ではあらゆる魔法が使えるはずだと君のような髪色を持て囃したり……どちらにしても与太だ。気にすることはない」

ブリーゲルの言葉でリーゼルが気に病んでいると思ったのだろう。カールハインツはそう言って励ましてくれた。

「確かに、そうですね。私は私ですし」

「そうだ」

そっとリーゼルの髪を撫でてから、彼はいつまでもペンダントにまとわりつくトカゲを摘んだ。

「リーゼルの邪魔をしてはいけない。卒論がいよいよ大詰めなんだからな」

「もう本当にあとは仕上げだけなので、トカゲちゃんと少しくらい遊べますよ？」

離れたくないと抗議の声を上げるトカゲが可愛くて、リーゼルはついトカゲの味方をしてしまった。

卒論がほとんど完成しているのも事実だ。必要な情報は集まっていたし、それを日々細かく記録していたため、あとは前書き部分と終章の文の体裁を整えてしまえば出来上がる。

「そうか……よくやったな。無事に提出できたら、お祝いをしよう。リーゼルの場合は研究課程に進むから卒業の祝いよりも卒論提出祝いが相応しいだろう」

「そうですね。研究を続けられそうで、夢みたいです」

夜会で紹介されたアンブロスという青年実業家や彼の知り合いの何人かが、リーゼルの研究にいたく興味を持ってくれているのだ。多少の出資を引き出せるということになり、無事に研究課程生として残る許可が得られた。小さいが、個人の研究室も与えられた。

「うまくいっているな。リーゼルがいてくれるおかげで、何もかもがうまくいく気がするよ」

カールハインツは小さな子どもを褒めるみたいに、リーゼルの頭を撫でてくれた。すると、トカゲが〝自分も〟というように頭をカールハインツに押しつける。

だから、リーゼルとトカゲは並んで撫でてもらった。

そんな何気ないことが幸せで、だがあまりにも尊くて、このまま何もかもうまくいくとリーゼルも感じていた。

第四章

だが、その希望は思いもかけない形で打ち砕かれる。

翌日、いつものように魔法学校に登校して植物園で水やりなどの必要な作業をしていたリーゼルのもとに、伝書蜂が飛んできたのだ。

それは見覚えのある伝書蜂で、すぐにカールハインツのものだとわかった。会いに来ればいい距離にいる彼からなぜ手紙が来たのかと訝しみながら確認し、文面に目を通してリーゼルは絶句した。

「嘘でしょ……」

手紙はやはりカールハインツ――というよりも彼のペンからで、カールハインツの身柄が魔法局に拘束されたと記されていた。

瘴気を纏った人物が凶暴化して街で暴れるという事件があったらしく、何者かが人体実験をしているのではないかという話が持ち上がり、それで彼に疑いの目が向けられているのだという。

手紙の締めには気遣いのできるペンらしく、『あくまで拘束であり逮捕ではない。疑いが晴れれば解放されるはずだから、お嬢さんは気持ちを強く持って帰りを待っていなさい』と書かれてあった。

その一文を見て何とか落ち着こうとするものの、できるわけがなかった。

こんなこと、時が戻る前の世界ではなかったのだから。

時間を遡行して、確実に世界は良い方向へと変化しているとリーゼルは感じていた。それなのにここに来て、こんな望んでいない方向に変化するなんて想像していなかった。

「こんなの、知らないわ……」

ペンには気持ちを強く持てと言われたが、簡単にはできそうになかった。あまりにも嫌な予感がして、心臓が早鐘を打つようだった。

あと半年あると思っていた〝あの夜〟の惨劇の時期が、おそらくすぐそこまで迫ってきている。その事実に、不安に、打ちのめされそうだ。

脳裏に、〝あの夜〟の光景が蘇る。

魔力の大量放出による嵐と地震。それに巻きこまれて逃げ惑う人々。

兵士たちに魔導兵器を向けられる、魔物化したカールハインツ。

(あの夜が繰り返されるのだけは、防がないと……)

よろめきそうになりながら、何とかその意識だけでリーゼルは立っていた。

そこからは、どう過ごしたのか記憶が定かではない。

いつもの植物の世話を終え、ぼんやりと図書館や中庭を散策して、ついいつもの癖でカールハインツの研究室へ向かおうとしたところで、マデリーンに声をかけられた。

「リーゼルさん！　よかった……ここにいたのね」

慌てて走ってきたのか、彼女は髪もローブの裾も乱れていた。息を整えながら、彼女は口を開く。

「落ち着いて聞いてほしいんだけど、今デットマーくんが魔法局に拘束されてるの。逮捕じゃなくて、任意での取り調べらしいみたいなんだけど」

「あの、それ知ってます！　彼が、メモを残してくれていたので」

慌てているマデリーンにいちから事情を説明させるのは申し訳なくて、リーゼルはすぐに申し出た。すると、彼女は少しほっとした顔になる。おそらく、ショックを与えない伝え方をいろいろ考えてくれていたのだろう。

「知っているなら話が早いわ。私、彼が事件のことで連れて行かれたと聞いて、すぐに証言しに行ったのよ。昨日、事件があったとされる時間にはあなたと二人で植物園にいたのを目撃したって」

彼女からもたらされたのは、思いもかけない情報だった。

「それでは、カールハインツ様は……？」

「無事に解放されることになったわ。でも、身元引受人がいなくて……ほら彼、複雑な家庭の出身だから。でも、学校の教師では迎えの許可が下りなくて」

「迎えがあれば帰れるんですね！　わかりました！」

いてもたってもいられなくなって、リーゼルは走り出した。

彼が無事でいることがわかっただけで、先ほどまで胸を押しつぶそうとしていた不安が晴れる。

「えっと……魔法局までどう行ったらいいのかしら……？」

走って魔法学校を飛び出したまではよかったが、そこからどうしたらいいかわからなくなった。

何せリーゼルは箱入りのお嬢様だ。移動は基本、自分の家の馬車だから、それ以外の移動手段は徒歩か、箒くらいしか知らない。

こんなことなら他の魔法学校の生徒たちのように、移動用の箒を常備しておけばよかったと後悔した。

魔法局のある場所は知っているが、それが今いる場所から遠いのもわかる。

箒がないなら歩くしかないのか……と絶望したところで、庶民は辻馬車と呼ばれる乗合馬車に乗って移動することを思い出した。

通りまで出ると、馬車を待っていると思われる人の列があった。その最後尾に並び、馬車がやってくるのを待つ。

その間も、到着した馬車に揺られている間も、リーゼルは一刻も早くカールハインツに会いたくて仕方がなかった。

だから、近くで馬車を降りて魔法局まで走っていき、受付窓口近くの椅子に腰掛ける彼の姿を見たときは嬉しくて涙が出そうだった。

「……カールハインツ様っ」

「リーゼル……？　そうか……迎えに来てくれたのか」

駆け寄るリーゼルの姿を認めると、カールハインツは信じられないという顔をしたあと、ほっとしたように笑った。

少し疲れている。だが、彼が無事に解放されていてよかった。

「あの不思議なペンが手紙で知らせてくれたんです。事件が起きて、その犯人だと思われてカールハインツ様が連れて行かれてしまったことを。それからマデリーン先生が、自分が証言してきたからカールハインツ様は解放されるって教えにきてくれたので、いてもたってもいられなくって……」

走って息が上がってしまったリーゼルは、つっかえながらも自分がここへ来た理由を説明した。そうするしか、ここへ来るまでに溢れそうだった気持ちを収める方法が思いつかなかったのだ。

「そうか……ありがとう。もともと被疑者というよりも、重要参考人に近い立ち位置での呼び出しだったんだが、あまりにもことが急を要したし、連れて行かれる様がほとんど連行だったから、ペンは勘違いしてしまったんだな。心配かけてすまなかった」

なかなか呼吸が整わないリーゼルを、カールハインツは目を細めて見ていた。それがどういう表情なのか、すぐにはわからない。

「……それでは、私たちは勝手に大袈裟に捉えて心配してしまっていたのですか？　すみません」

「いや、心配してくれたのは嬉しいし、こうして来てくれてよかった。参考人であったのは間違いないが、疑われていないわけでもないという微妙な立ち位置で……迎えを呼ぶように局員に言われたのだが、正直誰を呼べばいいかわからなかったんだ。まさか、こうして君が来てくれるなんて思っていなかったし」

美しい顔に困ったような笑みを浮かべるのを見て、リーゼルは彼が喜んでいるのだとわかった。さっきの表情は、きっと喜びと驚きが入り混じっていたのだろう。

「……駆けてくる君を見て、とても嬉しかった。自分にもこうして走ってきてくれる人ができたのだと。困ったときに心配してくれる人がいるのだと」

「そんなの……当たり前です」

彼が心の底からほっとしているのが伝わってきて、リーゼルのほうが泣きたくなってしまった。頼ればきっと迎えに来てくれる人はたくさんいたはずなのに、そのことがわからないくらいこれまで孤独に生きてきたのだろう。

「私、いつだってカールハインツ様がいる場所へ走っていきますから。さあ、帰りましょう」

「ああ」

リーゼルがカールハインツに手を差し伸べると、彼のローブの襟口からひょこっと小さな顔が覗いた。

「トカゲちゃん！　あなたも取り調べを受けていたの？」

驚いたリーゼルが尋ねるも、トカゲは大きくあくびをして眠そうに目を瞬かせていた。どうやらずっと彼の胸元で眠っていたらしい。

「こいつは着いてきただけなんだが、いてくれてよかったよ。私がそこまで疑われずに済んだのも、こいつがいたおかげだな。研究対象としてこんな不思議な生き物を捕まえている人物が、わざわざリスクを冒して人体実験などするわけがないと」

「トカゲちゃん、お手柄ね。それにしても、怖い事件ですね……」

ペンから概要しか聞かされていないものの、十分にそれでもきな臭さは伝わっていた。だから、カールハインツを迎えに行ってもまだ何ひとつ安心できないことを思い出す。

「魔法局の話では、魔力を使った破壊工作があちこちで起きているらしい。国家転覆を狙った犯行のように思えるが、どうにも〝裂け目〟を中心に起きているようで……非常に気がかりのは間違いないらしい」

「まだそこまで堂々と人目があるところで行われたわけではないが、龍脈に沿って起きている

のは間違いないらしい」

魔法局の建物を出ながら、カールハインツから事件のあらましを聞いた。わりと大規模なもののようだ。魔法局が動いて調べているということは、おそらく新聞にも載るようなことだろう。

だが、やはり時が戻る前の世界でそのような事件を耳にした記憶はない。

「引き続き警戒しなければいけませんね」

「ああ。首謀者や相手の規模、目的も何もかもわかっていない状態だからな……なんだ？」

通りを歩いていると、突然足元が揺れた。そこまで激しい揺れではなかったが、確実に揺れていた。

何よりも、近くで強烈な魔力の放出を感じていた。

それはカールハインツも、トカゲも同じだったらしく、顔を見合わせると一斉に駆け出した。

「この方向は……広場の噴水です！」

「だろうな……今ならまだ止められるかもしれない！」

大量の魔力が集まっていく感覚はするが、それが結実していくのはまだ先のように感じたの

だ。

　だから、まだ間に合うと思って走っていたのだが――。

「危ない！」

　カールハインツが叫んだ直後、瓦礫（がれき）を含んだ爆風が吹き荒れた。

（ぶつかる……！）

　衝撃を覚悟してギュッと目をつむり身を固くしたが、痛みはいつまで経ってもやって来なかった。

「カールハインツ様、ありがとうございま、す……？」

　目を開けると、防壁を展開している彼の背中が見えた。彼が咄嗟に庇（かば）ってくれたから無事だったと理解したが、彼のローブにじわりじわりと鮮血が滲むのを見て、彼が負傷しているのを理解した。

「カールハインツ様！」

「……無事か？　咄嗟に張った防壁にしては、役に立ったな……」

「でも！　カールハインツ様が……」

　リーゼルが駆け寄るのと、彼が膝から崩れ落ちるのは同時だった。ドサリと地面に倒れた彼の体を、リーゼルは必死で抱き起こす。

「だめ！　カールハインツ様！　い、今、治癒魔法を……」

腹部の傷に手をかざし、必死に口の中で学校で習った呪文を唱えてみるが、だめなのはわかった。ドクドクと血が流れていくのに合わせて、彼の体がどんどん冷たくなっていくのを感じていたから。

そして、禍々しいまでの魔力の奔流が近づいてきているのも感じていた。

「早く！　塞がって！　来ないで！」

何者かが近づいてくる前に何とかカールハインツを動かせるようにしたいと焦るのに、ちっともうまくいかない。

彼の体からどんどん命が、魂が抜け落ちていくのを感じる。

ただひたすらに、絶望だけが忍び寄ってきていた。

「トカゲちゃん、待って……今はそれどころじゃないの」

治癒魔法を続けるリーゼルの胸元に、トカゲが頭突きを繰り返した。今は構っていられないと振り払おうとしたが、トカゲは強引に歯でリーゼルのブラウスのボタンを噛みちぎる。

そのせいで、首から提げているペンダントが襟元から飛び出した。

「え……？」

ペンダントの石が、かすかに光っていた。気のせいかと思って触れてみると、わずかに熱を持っているのも感じる。

「……もしかして、これのおかげで私は時間を遡行できたの？」

あの夜、薄れゆく意識の中でこのペンダントを握りしめたことは覚えている。そして、その後時間が戻った世界で目を覚ましたことも。

時を遡る魔法なんて、使えるわけがないと普通なら思う。時空魔法は禁術中の禁術だ。だが、確実にリーゼルは時間を戻ってきたのだ。そのことを、今思い出した。

「トカゲちゃん、これで時間を遡れって言うのね……？」

尋ねると、トカゲは潤んだ瞳で見つめ返してくる。この子はおそらく、何かを感じ取っているのだ。

「……どれだけの時間を戻れるのかわからないけれど、やってみる！」

躊躇（ためら）っている暇などないと、リーゼルはペンダントを握りしめて祈った。正しい時の遡り方なんてわからないから、あの夜と同じようにするしかない。

（お願い……今度こそ、カールハインツ様を救いたいの。こんな形で失うなんて嫌）

瞼（まぶた）を閉じていてもわかるほどの光に包まれ、リーゼルは自分の体が、存在が、どこかに押し流されているのを感じた。というよりも、後ろ側に引っ張られているような、そんな感覚だ。あまりそれを意識すると、酔ってしまいそうだった。だから、体の力を抜いて浮遊感が収まるのを待つ。

「……戻った？」

突然宙に放り出されたかのような感覚を覚え、リーゼルは慌てて目を開けた。

視界に入るのは、魔法学校の校舎だ。自分が今まさに走って校舎を飛び出そうとしていたのだとわかって、どこの地点に戻ってきたのか理解した。

「これってもしかして、カールハインツ様を迎えに行く直前ってこと？　……時間がない！」

まさかここまでしか遡れないなどとは思っていなかったため、リーゼルは焦った。先ほどの恐ろしい出来事を避けるためには一刻も早く彼を迎えに行かなければいけないのに。

「リーゼルさん、もしかしてお困り？」

「……エッダ」

気がつくと、すぐ近くに友人のエッダが来ていた。手に箒を持っているし、動きやすそうな格好をしていることから、彼女が箒の試乗中だったことが伺える。

「何か急いでるんでしょ？」

「えっと……」

「走ってくのが見えたから、これ渡そうと思ってきたんだ！　はい」

自分の状況を何と説明したらいいかわからず戸惑っていたリーゼルに、エッダは箒を差し出してきた。

「でもこれ、卒論のために作った大事な箒じゃ……」

「そうだけど、もう必要な記録は取ったあとだし、何より約束したもん。リーゼルさんが困ってたら、とびきりの箒を完成させて駆けつけるねって」

エッダは、いつぞやの約束をきちんと覚えていたのだ。その約束があったから箒の素材を提供したわけではないが、こんな状況だからお言葉に甘えさせてもらう。

「ありがとう！　じゃあ、お借りするね」

「気をつけてねー」

エッダに見送られ、リーゼルは中庭に向かった。どうせ箒で飛び立つのなら、前にカールハインツに教えてもらった魔法円が仕込んであるところへ行こうと思ったのだ。

「よし、飛ぶからね……ローブの中でじっとしていて」

魔法円の上に立つと、リーゼルはパタパタ飛んでついてきていたトカゲを掴んでローブの中に押し込んだ。これから出す箒の速度にトカゲがついてこられないことを心配したのだ。

「わっ……！」

箒に跨ると、浮遊したと思ったときには走り出していた。

箒に乗る感覚は浮遊して前進していくという感じなのだが、エッダの箒は違う。まるで風になった気分だ。

横を滑っていく景色が速い。というより、自分が一陣の風になって世界を切り裂いていくみたいな気分だ。

エッダがローブを脱いでいたのがわかる。あまりの速度に髪もローブも巻き上げられ、そのぶん空気の抵抗感を強く感じるのだ。

少しでも意識を逸らせば振り落とされてしまいそうだ。彼女はおそらくこの箒の製品化を目指しているのだろうが、果たしてこれに人類を乗せてもいいのか甚だ疑問だった。

「……着いた！」

一生分の強風を全身に浴びたような気分になり、ふらふらしながらもリーゼルは魔法局に到着した。

躊躇うことなく建物内に駆け込めば、先ほど見たときと同じように椅子に座っているカールハインツの姿が見える。

「カールハインツ様！」

再会の感慨に耽るよりも何よりも、するべきことのためにリーゼルは駆け寄る。彼は先ほどと同じように喜びと驚きがないまぜになった表情を浮かべたが、それを噛み締めている余裕はない。

「迎えに来ました！　一緒に来てください！　これから大変なことが起こるんです！」

「え、リーゼル、ありがとう……？」

魔法局の建物内で話している時間が惜しくて、リーゼルはカールハインツの腕を掴んで歩きだした。最初は黙って手を引かれて歩いてくれた彼だったが、建物を出たところでなだめるようにリーゼルの体を抱き寄せた。

「心配をかけてしまったのは申し訳ないが……何を一体そんなに焦っているんだ？」

カールハインツは、穏やかではありつつもあきらかに戸惑った表情を浮かべていた。それは当然だろう。リーゼルが逆の立場なら、大いに戸惑う。

彼の気持ちは理解できたから、焦れる気持ちを抑えてさっき見てきたことを語ることにした。

「実は、私は……時間を遡行してここに戻ってきました。戻る前、こうしてカールハインツ様を迎えに来て一緒に帰る途中で膨大な魔力の放出を感じ、その直後に突風によって飛んできた瓦礫から私を守ってカールハインツ様は……だから、私は時間を遡行してきたんです！」

拙い言葉ながらも、リーゼルは先ほどの出来事を端的に語った。思い出すだけでもゾッとする。

だが、彼の顔を見ればすぐに信じてくれたわけではないとわかる。

「君が嘘を吐くなんて思わないが、それにしたってあまりにも……」

リーゼルを傷つけまいと、彼が必死に言葉を探しているのがわかる。しかし、その時間すら惜しいのだ。

「嘘じゃ、嘘なんかじゃありません……私、さっきのが初めての時間遡行じゃないんです」

語らずに済むのなら、本当なら語りたくなかったことだ。あの夜のことを思い出すと、今でも体が震えてしまうくらい恐ろしいから。

それに、カールハインツ本人に伝えれば、傷つけることは必至だろう。魔物のようになり、瘴気を撒き散らしながら地震と嵐を起こして世界を滅ぼしたなんて、リーゼルなら聞きたくないし信じたくない。

　だから本人には伝えずに、あの夜に至らないように今日まで努めてきたのだ。カールハインツが魔に堕ちないように、孤独に取り込まれないように、もうあのときみたいに後悔しなくていいように。

「私は、カールハインツ様にずっと憧れていました。秘かに恋をしていました。でも、何も伝えないまま、ただの顔見知りの先輩と後輩の関係のまま魔法学校を卒業しました」

「それは、一体何の話だ……？」

「私の、時を戻す前の一度目の人生の話です」

　手に入らないものとあきらめて、見つめるだけで終わってしまったかつての恋。それを告白するのは、とても勇気が必要だった。

　時間が戻ったことで、リーゼルはカールハインツとの関係性を進展できたのだ。本来の流れで実現できなかったことを叶えたのは、ズルをしたと思われても仕方がない。だから、伝えるのが怖かった。

「あなたに想いを告げられないまま卒業して、私は貴族の令嬢としての役目を果たすために夜会に参加しました。その夜、悲劇が起きました」

　リーゼルは目を閉じて、目蓋の裏にあの夜の惨たらしい光景を蘇らせる。

　膨大な魔力の放出によって建物が破壊され、多くの人々が逃げ惑ったことを。外に逃げ出しても行き場などなく、ただ戸惑うしかなかったことを。

「私は、魔道士として何が起きているのか見届けようと思い、魔力の放出源へ近づいていきました。そして、上空に浮かぶカールハインツ様を見たのです」

「私を……？」

「何らかの理由で大量の魔力を体内に抱え込んで、あなたの姿は変質していました。それで……世界を滅ぼしてしまったんです」

「……」

リーゼルの言葉を彼がどう受け取っているのかわからないが、話し続けるしかなかった。しかし、こうして言葉にしてみるとあまりにも荒唐無稽な話だと、自分自身でも感じている。

「私は、薄れゆく意識の中で後悔したんです。なぜもっと先輩のことを知ろうとしなかったのだろう、なぜ先輩を孤独なままにしてしまったのだろうって。……その後悔に神様か何かが応えてくれてのか、次に目を覚ましたとき、時間は卒業の三ヶ月前にまで戻っていました」

「三ヶ月前……つまり、植物園であったあの日、君が泣いていたのは……」

「そうです。もう二度と会えないと思っていた先輩を前にして、胸がいっぱいになって泣いてしまったんです」

リーゼルの話を信じたかどうかは、まだわからない。だが、カールハインツは合点がいったという顔をした。

「それが一回目の時間遡行のあとの話。そして今は、ついさっき二回目の遡行をしてきたばかりなんです」

どうやって信じてもらおうか頭を悩ませてながら、リーゼルはローブの内側からトカゲを取り出してカールハインツに突きつけた。自分の懐にいるはずのトカゲがリーゼルと一緒にいるのを見て、彼はようやく理解してくれたらしい。

「そうか……君は本当に〝時の魔法使いたち〟の末裔なのだな」

「時の魔法使いたち……？」

今度は、リーゼルが首を傾げる番だった。だが、今はそれどころではない。

「とにかく、一緒に来てください。今度こそ、止めたいんです」

「ああ」

彼が納得したところで、リーゼルは箒を差し出した。彼と自分となら、彼のほうが箒の操縦技術が上なのは明白だから。

「この箒、すごく速度が出るのでそのことだけ注意してください。それから、間もなく地面が揺れます」

「わかった」

リーゼルから箒を受け取ると、彼はすぐさま飛び立つ姿勢になる。リーゼルも後ろに腰掛け、彼にギュッとしがみつく。

その直後、ぐらり……と地面が揺れた。

「……すごいな」

地面から離れた直後、箒はものすごい速度で前進する。彼が「すごい」と言ったのはその速度なのか、それともリーゼルが言った通り地面が揺れたことに対してなのかわからない。

だが、そう呟いて以降、彼は一切の無駄口をきかず広場に向かって飛び続けた。

「くそっ……魔力の飽和量が尋常ではないな」

間もなく広場の噴水が見えてくるという頃、カールハインツは苦々しく言った。そして、何事か呪文を唱え、周囲に防壁を張る。

「このままだと魔力嵐が起きる。……気休めだが、ないよりマシだろう」

「はい」

時を遡る前には、魔力嵐そのものよりも、それによって生まれた瓦礫が飛ばされてきたのが危険だったのだ。彼の魔法防壁は嵐を完璧に防げはしなくとも、瓦礫が飛んでくる危険度は下げてくれるはずだ。

「いたぞ……あれは……？」

噴水が見えるところまでたどり着くと、周囲は禍々しい気配に満ちていた。その気配の中心部に、魔道士と思しき人たちが数人いる。

魔道士たちは噴水を取り囲むように陣形を作り、地面に向かって何かをやっていた。

「日頃は活気溢れるこの場所がなぜ閑散としているのかと思ったら……人払いの魔法を使っているのですね」

「ああ。そして、彼らが発動させようとしているのは禁術だ……！」

魔道士たちの姿が、ぐにゃりと崩れた。やはり、数人がかりとはいえやはり本来なら禁術は人の身には負えないものなのだろう。

だが、行った者たちが人の身を失くそうとも、手順さえ踏めば発動してしまうのが魔法だ。

間もなく、大量の魔力が地中から溢れだすのが気配でわかった。

「……リーゼルは、これに乗って逃げるんだ。この箒なら、きっと君を安全なところまで運んでくれるはずだ」

箒を止めて地面に降り立つと、カールハインツはそう言って箒をリーゼルに押しつけようとする。

「私とトカゲでどこまで止められるかわからないが、行ってくる」

「嫌です、待って……」

「私は君のために、世界を守ると決めているんだ！」

追いすがるリーゼルを、彼は振り払おうとした。彼が本気なのはわかる。彼の言葉に嘘偽りがないことも。

だが、だからといってそれはリーゼルが彼を置いていく理由になどなりはしない。

「私だって決めているのです！　もう絶対、あなたをひとりにしないと！」

あの夜に感じた後悔を、悲しみを、ありったけ込めてリーゼルは叫んだ。

今はあのとき以上に、カールハインツへの想いは強くなっている。婚約して、想い合う仲になって、より一層彼を知り好きになったからだ。

このまま死地に赴かせるのなら、一緒に行きたい――その思いを込めて見つめると、カールハインツは根負けしたかのように目をそらした。

「君には敵わないな……わかった。それなら一緒に行こう」

「はい！」

カールハインツの声を合図に、一斉に駆け出した。

それして、魔力の奔流に飛び込む。

「なんでもいい！　魔力を大量消費する魔法を使うんだ！」

叫んだカールハインツを中心に、魔法防壁が何重にも展開していく。先ほど張ったものとは比べものにならないほど強固な防壁だ。

彼個人が体内に有する魔力だけでは、こんな強力な防壁は築けなかった。溢れだす魔力を受容してすぐに、魔法を展開しているということだろう。

そうしなければ目の前にいる魔道士たちのように、魔力を受容しきれずに人型を保てなくなるから。

「トカゲちゃん……！」

リーゼルのすぐ近くを飛んでいたトカゲの体が、むくむくと大きくなるのが見えた。うっすらと紅色を帯びていた白く美しい体が、大きくなるにつれて少しずつ黒ずんでいく。

おそらく、瘴気も一緒に取り込んでしまっているのだろう。このままでは、あの夜と同じことが起きるのではないかと怖くなってリーゼルは焦った。

（魔力の奔流を抑えなくちゃいけない。でも、トカゲちゃんとカールハインツ様が瘴気に汚染されるのも防がなくちゃいけない。……それなら！）

リーゼルは頭の中に魔法円を描く。その紋様に魔力を流し込むのを思い浮かべながら、呪文を詠唱する。

唱えるのは、浄化の魔法。

かつて校外学習の一環で、瘴気に汚染され毒沼と化した湖沼を浄化したことがあるのだ。

毒沼から抜き出した瘴気を植物を通すことで濾過（ろか）するというもので、本来なら人数もいるし大がかりな魔法である。

それを、リーゼルはひとりでやるしかないのだ。だが、植物を育てる才はあるという自負を持っている。

「……お願い、育って！」

育てるべき植物の種など何もないが、幸いにもリーゼルの手には箒があった。箒を構成するものは、すべて植物でできている。

リーゼルが集中して魔力を注ぎ込むと、それに応えるようにして箒は成長した。

箒の柄の部分は木の幹となり根を生やし、穂先の部分は枝となり葉となり生い茂った。

「そうか、浄化の魔法か……！」

リーゼルの意図に気がついたカールハインツがすぐそばまでやってきて、加勢するように木の幹に手を添えた。

すると、木の成長速度はさらに増し、見る間に巨木になっていく。

周囲の魔力と瘴気を吸い取ってぐんぐんと成長した巨木は、やがて花を咲かせ、それを花びらとして降り注がせる。その花びらが触れた場所は、わずかではあるが瘴気が浄化されていっているようだった。

カールハインツが展開した防壁とリーゼルが生やした浄化の木によって、やがて魔力嵐は収束するかに思えた。だが、人型を保てなくなった魔道士たちの中から、むくりと何者かが起き上がる。

「……貴様らッ……邪魔をしよっテからニぃ……！」

もうほとんど人間の姿をしていない、ドロドロになって個を保てていない何かが、リーゼルたちに向かって吠（ほ）えた。

その目に見覚えがあったが、それを思い出すより先に収まったかに思えた暴風が吹き荒れた。

く。

「カールハインツ様！」

「リーゼル……！」

風に巻き上げられ、二人の体が浮いた。手を伸ばすが、なすすべなく二人は引き離されていく。

上空で、吹き荒れる暴風の中、呼吸すらもままならなくなる。そのうちに、意識が薄れていくのを感じていた。

（浄化の木が、どんどん大きくなっていく。だから、きっと魔力の奔流自体はそのうちに収められるわ。それまでの間、カールハインツ様が張った防壁が街も人も守ってくれるはずよ……あのときと違って世界は、救えたのだわ）

薄れゆく意識の中、リーゼルは世界の無事を確認してほっとした。

だが、心残りがあるとしたらカールハインツのことだ。時を二度も遡っても、彼のことを救えなかったのだろうかと。

「リーゼル！」

遠くから、彼が呼ぶ声が聞こえた気がした。かすむ視界の向こうに、飛んでくる大きくなったトカゲの姿も見える。

育ったトカゲは、かつてこの世界にいると言われていた美しいドラゴンに見えた。そのドラゴンの背には、愛しい人の姿がある。

(白馬に乗った王子様ではなくて、白ドラゴンに乗った魔王様ね……)

そんなことを考えた直後、トカゲが大きな口を開けてリーゼルに近づいてきた。

リーゼルが意識を手放す前に最後に目にしたのは、トカゲの真っ赤な口の中の景色だった。

＊＊＊

「さて、と……あとはあいつをどうにかするだけか」

巨大化したトカゲの背に乗ったカールハインツは、地上で蠢くものを一瞥した。

魔力を受け止めすぎてもはや原形を留めていないが、まだ世界に害をなすことを諦めていない様子だ。気持ち悪くのたうちながら、何か形を成そうとしている。

「オ、オ゛のレ……マモ、ノ゛ふぜイが……っ」

目も鼻も口もどこにも見当たらず、生き物らしさは何も残っていないはずのその黒く禍々しい肉塊は、カールハインツの視線に気づいたのかものすごい怨嗟の念を向けてきた。

〝魔物風情〟と口にした言葉が、自らを指すことには気づいていないらしい。魔法嫌いも、ここまで来ると憐れだ。

だが、おそらくは違うのだろう。この男は、ただ魔法を嫌っているのでない。むしろ、魔法に焦がれ、魔法の適正がなかったからこそここまで歪んでしまったに違いない。

とはいえ、同情の余地などないが。

多くの非魔道士たちが、魔法に憧れたとしても、使えないことと折り合いをつけて生きている。紡績業を営む友人であるアンブロスは、「魔法の才能に恵まれなかったから魔道士を支援する側にまわるんだ」と公言している。

そうやって、向き合い方はいくらでもあったはずなのだ。

それなのに目の前の魔に堕ちたこの男は、恨みばかり募らせ、妬み、世界を台無しにするほうを選んだ。

「無駄だ、ブリーゲル。そんなふうになったとしても、お前が魔法を扱えることはない」

「お゛お゛、オ゛ノ゛レ゛ッ゛……！」

「終わりにするぞ」

最後通告を突きつけ、カールハインツはブリーゲルに迫っていった。

もはや自我や思考が残っているかも怪しい状態なのに、それでもブリーゲルはまだどうにかなると思っているらしい。

（あいつのあの状態は、何らかの禁術を体内に飲み込んでいる状態か。ひとりの人間ではまかないきれず、他の魔道士たちの器と魂も取り込んで、境がなくなって、魔法への執着だけで動いているみたいだ。あの状態を保っている核を潰せば……）

世界には依然として濃密な瘴気が撒き散らされ続けている。カールハインツが張った防壁も、無限ではない。永遠にこの瘴気の影響を留めてはおけないことを考えると、早急に元凶を叩くべきだろう。

魔法を発動し続け、膨大な魔力の奔流が起こす暴風に耐え、カールハインツの体もボロボロだ。トカゲの口内に隠しているリーゼルのことも心配である。

できる限り早く勝負をつけようと、カールハインツは魔法で出現させた氷の槍をブリーゲルめがけて放った。

だが、禍々しい肉塊と化した奴の体から触手のようなものが伸びて、それを掴んだ。そして、カールハインツにそれを投げ返そうとする。

「はっ……なるほどな。様々な魔道士を取り込んでいるから、その者たちの魔法の使い方や戦い方も取り込んでいると。だが、そうだとしても私に敵うと思うなよ」

本当は炎で焼き払ってやってもよかったものを、槍でひと突きで片をつけてやろうとしたのだ。それなのに、それをかわし、応戦してこようとした。その姿を見れば、慈悲など不要なのがわかる。

「これならどうだ」

カールハインツは今度は、同時に無数の氷の槍を出現させ、それを一気に放った。ブリーゲルは数多の触手を出現させそれを防ごうとするが、触れる直前に追加の魔法を発動し、槍を爆ぜさせた。

いくつもの触手が弾け飛ばされ、真っ黒な体液を迸らせながらブリーゲルは叫び声をあげる。

「ギィヤァアァァッ！」

だが、掴めないとわかると今度は、無数の脚を生やして高速で動き始めた。

「当たらなければいいという考えか。それなら、私は当たるまで撃つだけだ」

トカゲに騎乗した状態での戦闘はどうかと思ったが、この生き物はカールハインツの意思を汲み取り、逃げるブリーゲルを追う。だから、カールハインツは攻撃に集中すればよかった。

醜悪な唸り声をあげながら逃げ惑う、魔に堕ちたもの。それに狙いを定め、カールハインツは氷の槍を降らせ続けた。

向こうが逃げるのなら、こちらは物量作戦だ。蜂の巣にする勢いで、ひたすら氷の槍を降らせる。

はじめのうちは無数の脚で高速移動をし逃げられていたものの、氷の槍が一本、また一本と脚を落とすうちに、少しずつ速度は緩んできていた。

とはいえ、カールハインツとトカゲの体力も無尽蔵でなわけではない。とくに、人間を乗せて飛ぶことになど慣れていないトカゲは、目に見えて疲れてきていた。

（こいつもそろそろ限界だ。いつまでこの大きさでいられるかわからないし。そろそろ、仕留めにかかったほうがいいな）

相手の弱り具合から、どうトドメを刺すかを考える。核を潰せば動きを止められるはずだから、身体の表面を削ぐように剥がしてもいいかもしれない。

「トカゲ、もう少し耐えてくれ！」

励ますように声をかけてから、カールハインツはブリーゲルに向かって今度は氷の礫を降らせた。真っ黒なヘドロのような身体も、削り取るようにすれば少しずつ小さくなる。

「よし、弱ったか……！」

リーゼルがしていたのを真似て、氷に浄化の魔法を混ぜてみたのだ。すると、瘴気の塊であるブリーゲルの身体は、あきらかに縮んでいた。

動きも、手負いの獣じみてきている。今なら近づいてトドメを刺せるかもしれないと、カールハインツはトカゲに乗って急降下した。

「なっ……！」

だが、その直後、視界が暗転する。

近づいた途端、ブリーゲルの身体が真っ二つに裂けて大きな顎となり、カールハインツとトカゲを飲み込んだのだ。

弱ったふりをして、こちらをおびき寄せたのだとわかったときには、奴の腹の中に招かれてしまっていた。

『ここでなら、わしの思うまま力がふるえるな』

取り込まれたのは、どうやらブリーゲルが創り出した空間のようだ。その空間の中で、奴は人間の姿を取り戻していた。しかも、実際の姿よりも若々しく、そして力強くなっている。怠惰の極みのようなだらしない体型をしておらず、凛々(りり)しい。

「それが、あんたの理想の姿ってわけか」

『気づいたか。つまり、ここにいれば何でもわしの意のままということだ』

勝ちを確信しているのか、ブリーゲルは空間に高笑いを響かせた。

その笑いに呼応するように、空間に禍々しい魔力が満ちているのを感じる。まるで、脈打っているみたいだ。

（まさに、こいつの腹の中というわけか……）

本当なら、今も吹き荒れ続ける魔力嵐の音が聞こえるはずだ。だが、どうやらここは奴の言うとおり特別な空間のようで、外の音が聞こえてこない。つまり、外界と遮断されているということだ。

『理解が追いつかぬか。まあ、いい。——理解するより先に死ね！』

カールハインツが黙っているのを、驚き過ぎて言葉が出ないと思ったらしい。意気揚々と掲げた手に魔力を集中させ、カールハインツめがけて放つ。

それは、氷の槍だった。しかも、カールハインツが放ったものよりもさらに大きかった。

ビュンッと風を切る音をさせて、その槍はカールハインツへ向けて飛んでいく。避けないカールハインツを見て、ブリーゲルがほくそ笑むのが見えた。よほどこの空間で万能感に包まれているらしい。

だが、あとわずかでその槍がカールハインツの体を貫くかに見えたとき、それは一瞬で水蒸気となって霧散した。

「ずっと憧れていた魔法が使えるようになっていい気になっているみたいだが、私のほうが魔法を使い慣れているのでね」

そう言ってカールハインツは、軽く指を振るだけで火球を放ってみせた。それは、ブリーゲルの頭すれすれのところを掠めて飛んでいく。

『貴様、何を……？』

「さっきの槍はどうやって防いだかって？　簡単だ。炎の壁を作って瞬時に蒸発させただけ。あんたが現実世界と切り離してくれたおかげで、思う存分炎魔法が使える！」

『くっ……！』

ブリーゲルの理解が追いつくより先に、カールハインツは次々に炎魔法を放った。本当なら、瘴気を撒き散らすこんな存在は早々に焼き尽くしてしまいたかったのだ。

だが、街中ではいくら防壁を張っているとはいえ、延焼が怖かった。そのため、氷の槍でじわじわ削るというような方法を採っていたのである。

『来るな！　くそっ、くそぉっ……！』

逃げ惑いながら、ブリーゲルは次々と本棚を出現させる。何もない薄暗いと思っていた空間が、さながら大きな書庫のようになっていく。

『くらえ！』

ブリーゲルは本棚の陰に隠れて、追いかけてきたカールハインツに不意打ちを食らわせようとしてきた。それは、足元から這い出て来たドラゴンだったり、神話の神を模した巨大な人型だったり、降りそそぐ無数の矢だったり。

だがどれも、カールハインツの炎魔法で燃やされてしまう。

『なぜだ！　なぜだなぜだなぜだっ⁉』

半ば半狂乱になりながら、ブリーゲルは拙い魔法を放ち続ける。しかし、それは魔法と呼ぶのも憚られる、あまりに粗末なものだった。

「あんたのような者に、魔法は使いこなせないんだよ」

追い詰めるカールハインツの足取りは、ゆったりしたものだ。トカゲに乗って追いかける必要もない。もはや、この空間にすら逃げ場はないのだ。

『なんだ！　この期に及んで非魔道士差別か？　魔力炉を持って生まれたことが、そんなに偉いのか⁉』

ブリーゲルは、あきらかに怯えていた。そのせいなのか、精悍だった姿は、元の見慣れた中年貴族のものに戻っている。

逃げ惑いながらも、憎悪を撒き散らすことを止められない男のことを、カールハインツは憐れに感じていた。こんなふうにして手に入れた魔法を使いこなせないことも、馬鹿にする意味ではなく本当に気の毒に思う。

「魔法は、それを正しく思い描けない者には使えない。頭の中できちんと思い浮かべられないものは、魔法として形をなさない。……つまり、己のことを信じられない者には、魔法は使えないということだ」

『……そんなっ、わしは、わしの魔法を信じて……』

カールハインツの言葉で揺らいだのか、ブリーゲルの姿がぐずぐずに溶け始めた。それに伴い、空間も形を保てなくなっていく。

『おのれ……』

それでもなお、その目に宿る狂気の光は消えない。ドロドロに溶けたものが腕となって、カールハインツに伸びようとする。

だが、それも阻まれた。

「――脅威の部屋の、紛い（まが）もの」

カールハインツが呪文を唱えると、ブリーゲルを閉じ込めるようにして空間が出現した。それは、ひしめくように物で埋め尽くされた部屋。無秩序で悪趣味な蒐集（しゅうしゅう）部屋のようだ。

『なっ、なんだ、これは……!?』

その部屋は、急速な勢いで縮んでいっていた。瞬く間に壁が迫ってくる。

「収納スペースを増やすために、昔空間魔法を研究しているときの失敗でできた産物だ。あまり長く保たないんだよ」

壁に押し込められていた蒐集物たちがどんどん溢れ出し、迫りくる壁と共にブリーゲルとカールハインツに押し寄せる。このままだと壁に押しつぶされるより先に、大量の蒐集物の中で溺れてしまうだろう。

『嫌だ！　出してくれ！　潰れて死ぬ！』

「そのうち、この空間ごとなくなるから安心しろ」

冷たく、そして悲しげに一瞥してから、カールハインツはポケットを探る。手にした鍵を適当な棚に差し込むと、かろうじて開いた扉にトカゲを引きずって体をねじ込んだ。

その直後、空間が圧縮される気配がする。子供の頃に失敗したときも、こんなふうに魔法の鍵を使って何とか逃げ出したのを思い出した。

バタンと扉を閉じれば、そこは現実世界だ。

「まずいな……ここ、どこだ……？」

知っている場所に出たはずなのだが、満身創痍（まんしんそうい）のため、すぐに思い出せなかった。気を張っていただけで、決して元気ではない。

バタリと倒れ込むと、隣でトカゲが苦しげに嘔吐（えづ）いた。何事かと見守っていると、その口の中から薄紅色の頭が見えた。それがリーゼルだとわかって、カールハインツは慌てて引っ張り出す。トカゲの口の中に彼女の魔力を感じていたから無事だと思ったいたが、そのぐったりした姿に恐ろしくなった。

「リーゼル！　リーゼル、目を開けてくれ！」

せっかく危機を脱したのに、彼女が無事でなければ意味がない。トカゲの口から吐き出されたリーゼルは、目立った外傷こそないものの、その肌は青白く、そして冷たい気がした。

「嫌だ……リーゼル！」

最悪の予感に、カールハインツは焦った。

「トカゲ、何をして……」

焦るカールハインツをよそに、トカゲはいつものように甘えるみたいに、その鼻先をリーゼルに近づけていった。ほんのわずかに鼻先が触れると、魔力が流れ出すのがわかる。それにつれ、リーゼルの顔色は戻っていき、トカゲの身体は小さくなっていった。

「よかった、息はしている……」

ほっとしたのも束の間、誰かが走ってくる気配がした。念のため身構えたものの、もうこれ以上何かと戦うのは無理そうだった。

だが、すぐに問題ないとわかる。

「声が聞こえたと思ってきてみたら、カールハインツ様じゃないですか！　そのびしょびしょなのは……お嬢様？　どういうことですか？　え、何これ」

走ってきたのは、リーゼルのメイドであるメグだった。どうやらここは、フライベルク家の町屋敷だったらしい。

「話せば長くなるのだが、私たちはつい先ほどまで戦っていて……」

ここが安全な場所だとわかって、カールハインツは安堵した。安堵した途端力が抜けて、意識を手放しそうになる。それをどうにか堪えて、メグにかいつまんで事情を説明した。

（これで私たちは、リーゼルの言っていた世界の危機とやらを脱したのだな……）

意識を失う直前、カールハインツはそんなことをしみじみ思っていた。

リーゼルが言っていた、一度目の世界で失敗したことを、どうにかやり遂げたのだと。


フライベルク家の邸の一室で、カールハインツはリーゼルの寝顔を見守っていた。

部屋というよりも、草木が生い茂る自然の中に寝台がぽつんと置かれているような状態だ。

すべて、眠っているリーゼルが生やしたものである。

あの騒動で大量の魔力を受容した彼女は、こうして意識を取り戻さない間も、植物を生やすことで溜(た)め込(こ)んだ魔力を消費し続けている。

体温も脈拍も正常で、医者の見立てでは本来の魔力量まで戻れば自然と目が覚めるとの話だった。

……裏を返せば、いつ目覚めるかは医者にもわからないということだ。

あの日から数日、リーゼルに目覚める気配はない。

「俺の妖精姫は、眠り姫になってしまったのだな……」

眠るリーゼルの髪をそっと撫で、カールハインツは呟いた。触れると温かく、口元に近づくときちんと呼吸をしているのもわかる。だが、眠り続ける彼女を見ているとやはり不安になるのだ。

何より、ひどく寂しい。

世界と自分は彼女を犠牲にして、こうして無事に生き残ってしまったのかと思うと、虚しい気持ちにもなる。

カールハインツにとって彼女こそが世界そのもので、彼女を守るために世界を守ろうと思っていたのだから。

たとえ世界が無事でも、守るべき彼女が無事でなければ意味がない。

だからどれだけ賞賛されても、今回のことはカールハインツ自身は全く喜べていなかった。

彼女は自分のことを時を遡って二度も助けてくれたのに、自分は彼女に何もしてやれないのがもどかしくて苦しい。

「ドラゴンのよだれまみれの眠り姫でいいんですか?」

「メグか……」

ガチャリとドアが開いて、リーゼルのメイドのメグが入ってきた。どうやら、先ほどの呟きを聞かれていたらしい。

「最初、帰ってきた姿を見たときは本気でドラゴンに食べられかけてしまったのかと思いましたよ」

「あれは……ああしないと危ないから、トカゲも口に含んだだけだったのだが……確かにもう少し何とかならなかったのかとは思う」

魔力嵐に吹き上げられ、危険だったところをカールハインツはトカゲに救われた。そして、空中で危険な目に遭っているリーゼルを救うべくトカゲの背に乗って駆けつけたわけだが、彼女が地面に落ちないようにと焦った結果、トカゲは自分の口の中に彼女を放り込むという暴挙に出たのだ。

ブリーゲルとの戦いが済んだあとトカゲが吐き出したから、よだれでベトベトになる以外の被害はなかったのだが、そのよだれまみれのリーゼルを洗ったのはメグだ。だから、目覚めないリーゼル相手に毎日文句を言っている。

「お嬢様、もう本当にこんなことやめてくださいよ。危険な目に遭うあなたを心配することも、ドラゴンのよだれまみれのあなたをきれいにすることも、本来私の仕事ではないと思いますけど。直接文句を言いたいので、いい加減起きてください」

そう言ってリーゼルの頬を突くメグの表情は、寂しそうだ。おそらく、こうして軽口でも叩いていないとやれないのだろう。

「旦那様も奥様も、みんな心配しているのですからね……」

リーゼルが運び込まれてすぐ、彼女の両親であるフライベルク夫妻も領地から飛んできた。彼らもメグと同様にひどく心配しているが、カールハインツがなだめて帰したのだ。

首謀者が死亡したとはいえ、国内にはまだ不穏な気配は残っている。こんなときに領主夫妻が揃って領地を空けるのは、あまり良いこととは言えないだろうと考えたからだ。

「そういえば、これを見せに来たのでした」

「新聞か」

メグがカールハインツに差し出したのは今日の朝刊らしく、『非魔道士の劣等感が暴走か』という上品とはいえない見出しが踊っていた。

記事が報じているのは今回の事件の顛末(てんまつ)で、ブリーゲルの暴走として片づけようとしているのが伝わってきた。彼は〝裂け目〟を制御している装置の代替品に自らがなり、魔力を独占しようとしていたのだという。その計画を記した〝魔王文書〟なるものも見つかり、無事だったが計画に参加していたとされる魔道士たちも逮捕されたらしい。

魔力を独占し世界を牛耳ろうとしていたのだから、捉え方によっては国家転覆を企んでいたとみることもできる。

それなのに世間は、非魔道士のコンプレックスの極みと笑いものにすることで片づけようとしていた。この手のことをまともに取り上げると後の類似事件を誘発するからという理屈もわかるのだが、非魔道士の魔法に対するどうにもならない感情まで笑う向きができてしまったことには、カールハインツは苦々しく思っていた。

「私は、魔法が使えないことで劣等感を抱えている人々を救うのも研究の目的にしていたんだがな……理想は遠い。これまでと同じような魔法は使えないだろうし」

そう言ってカールハインツは歯噛みする。

魔力を受容しすぎたがために眠り続けるリーゼルとは別の問題が、カールハインツの体には起きていた。

これまで人並外れた魔力の保有量を誇っていたのだが、今回のことで人並み以下になってしまっている。魔法はかろうじて使えるが、これまでと同じように高魔力を必要とする魔法が使えるかどうかはわからないと言われた。

それは、カールハインツにとっては絶望だった。

人と違うことで苦労はしたが、魔道士となってからは特異な体質を長所だと捉えていたからだ。

いきなり〝普通の人〟になれと言われたようで、すぐには飲み込めない。何より、理想を実現するためには使える魔法に制限がかかるのは困るのだ。

「よくわからないのですが、お嬢様は魔力を余らせて困っているのですよね？　そして、カールハインツ様は魔力が足りなくなって困っているのですよね？」

「ああ、まあ、そうだが……」

「だったら、足りないカールハインツ様が余らせてるリーゼル様からチューッと吸い上げてしまえばよろしいのでは？」

「え？」

突然のメグからの提案に、カールハインツは戸惑った。言いたいことはわかるのだが、あまりにも乱暴すぎるように感じる。

「ほら、眠り姫は王子の口づけで目を醒ますじゃないですか。だから、パパッと口づけしてしまえば、案外目を醒ますかもしれませんよ？」

「君は……自分の主人に対して扱いが雑ではないか？」

「大事だから言っているのですよ。私の大事なご主人様ですが、私では何もして差し上げられないので、可能性があるのなら何でも試したいのです」

一瞬呆れたカールハインツだったが、メグが茶化すわけではなく真剣に言っているのがわかって、反論するのをやめた。

確かに、彼女の言うとおりだ。

試せることがあるのなら、すべてやってみるべきだろう。

「あの大きかったドラゴンも、お嬢様の回復のために魔力を使ったら、小さくなってしまったじゃないですか。お医者様が、あれはたぶん一時的に生命力を混ぜた魔力を受け渡したのではないかと言っていましたから……受け渡しができるものだと私は認識しましたが」

「そうだな。受け渡しは可能だったからこそ、彼女はこうして生きている。トカゲから渡された量が多すぎたのが問題だったのだろうな……」

　メグとカールハインツは、リーゼルの傍らで眠る小さくなったトカゲを見つめた。かつてのような小ささではないが、今では室内犬くらいの大きさになっている。

　トカゲもリーゼルが心配らしく、一日の大半を寝台の上で過ごしている。

「……やってみるだけの価値は、あるのだろうな」

「ちょっと待ってください！　私は、この生き物をつれて出ていくので……ごゆっくり」

　カールハインツがその気になったのを察すると、メグはトカゲを抱いて慌てて出ていった。何も今すぐするという意味ではなかったのだが、誤解させてしまったらしい。

　いざ二人きりになると、変に緊張してしまう。

　恋人であり婚約者であるとはいえ、眠って意識のない彼女に触れても良いのだろうかと躊躇（ためら）われるのだ。

「だが、そうも言っていられないからな……」

　人形のように美しく整ったリーゼルの顔をしばらく見つめてから、カールハインツは思いきってその唇に口づけた。

いつもよりもややひんやりとして、少し乾いている。そのことがやけに悲しくて、祈るように何度も唇を重ねる。

当然、唇を重ねるだけではリーゼルは目覚めない。その瞼は、閉ざされたままだ。

それでも諦めきれず、カールハインツは思いきって蕾(つぼみ)のような小さな唇を吸ってみた。

「ん……？」

吸っているうちに、自分の体が熱くなっていくのを感じた。発情でもしたのかと思ったが、そういった生理的感覚とは少し異なる。

臍の奥、日頃存在を感じることはない体の部位がじんわりと温まるような感じがして、やがてカールハインツは夢中でリーゼルの唇を強く吸っていた。

「……ん……」

小さく呻くような声が聞こえて、カールハインツは慌てて体を離した。

かすかだった呼気が大きくなっているし、瞼が少し動いている。

目覚めが近いのだとわかって、期待して見守った。

「……カールハインツ、さま……？」

薄く瞼が開かれ、宝石のような目がカールハインツを見つめた。まだ視界がぼやけているのだろう。だから、そばにいることを示したくて手を握ってやった。

「リーゼル、私はここだ」

「よかった……救うことができたのですね。あなたも、世界も」

「ああ、もちろん」

無事だとわかると、リーゼルは心底安堵したように微笑んだ。そして満足そうに溜め息をつく。

「……時を遡るすべがあってよかったです。それを正しく使えたことも……二度もカールハインツ様を失って、本当に怖かった」

「君が救ってくれたから、こうして無事でいられる。これからは、ずっと一緒だ」

「はい」

喜びを噛み締め、二人は抱き合った。

そうしてお互いの存在を確認することで、ようやく今回の騒動が終結したのを感じる。

「そういえば、トカゲちゃんは無事ですか？　大きくなってしまったから、どこかに連れて行かれてしまったのですか？」

カールハインツの無事がわかると、リーゼルは今度はトカゲの心配を始めた。

「ついさっきまで君と一緒に眠っていたのだが、メグが連れて行ったよ。今は室内犬くらいの大きさに戻っているから、可愛いものだ」

「それならよかった。……すべて元通りてすか？」

無邪気に問われて、カールハインツはドキリとした。

　魔力の体内保有量が減ってしまったと話したら彼女は悲しむだろうかと、本当のことを話すべきかどうか逡巡（しゅんじゅん）する。

　だが、迷っている間に己の体に変化が起きていることに気がついた。

「今回の後遺症のようなもので、体内の魔力の保有量が減ったと思っていたのだが……どうやら回復したみたいだ。君のおかげで」

「私のおかげ……？」

　何も知らない彼女は、不思議そうにしていた。

　先ほど彼女を目覚めさせるためにした口吸いにより、どうやら本当にカールハインツの魔力は回復したらしい。

　そのことにほっとすると同時に、リーゼルへの愛おしさが増す。

「君がいてくれれば、私は元気でいられるらしい」

「ずっと一緒ですよ、カールハインツ様」

　リーゼルが嬉しそうに手を伸ばしてきたのを合図に、二人は再び抱き合う。

　事件からまだ数日しか経っておらず、どちらもまだ疲れが抜けていない。

　そのため、抱き合っているうちに二人は眠ってしまった。

リーゼルが目覚めたことで、ようやく周囲の人々にとってすべてが元通りに戻った。

それから慌ただしく卒業式を迎え、関心事は別のことに移っていく。

特にメグをはじめとしたフライベルク家の使用人たちにとっては、リーゼルの卒業式よりもそちらのほうがメインだ。

リーゼルとカールハインツの結婚式である。

魔道士二人の結婚式だということで、夢と魔法が溢れる式にしようと誰かが言い出した。婚礼衣装も凝ったものにしようと話題に上ると、どこからかそれを聞きつけたカールハインツの友人である紡績業を営むアンブロスもやってきた。

アンブロスがやってきたのを皮切りに、次々とカールハインツの知り合いの実業家たちが名乗りを上げ、あれやこれやと口もお金も出してくれることになった。

厚意でやってくれていることだからと最初は口を挟まなかった二人だが、式も披露宴の規模もとんでもないことになり始めたときには、さすがに止めた。下手すると小国の王族の結婚式くらいの規模になりそうだったため、さすがに冷静になるというものだ。

リーゼルもカールハインツも、本来ならあまり騒がしいことは好まない。結婚式も、身内のみの小規模なものにするつもりでいた。

だが、祝い事が必要な時期なのだと理解して、周囲が騒ぐがままに任せていた。

今回のことは二人の健闘により、被害はごく小規模に抑えられた。しかし、魔法を巡る悲惨な事件として、人々の心に不安を残すことになった。

だからこそ、魔道士二人の結婚式を華々しく行うことが必要なのだとアンブロスに力説されたため、なるべく派手に賑(にぎ)やかに行うことにしたのである。

挙式当日。

多くの人々に見守られる中、二人は永遠の愛を誓った。

カールハインツは黒の礼服、リーゼルは純白のドレスに身を包んでいたが、どちらも一見すると簡素に見える意匠だ。

だが、教会に入ると待ち構えていた魔道士たち――主にリーゼルの友人たちが呪文を唱え、二人の衣裳に見事な模様を浮かび上がらせた。

他にも、箒に乗ったエッダたちが上空から花びらを降らせ、光の魔法で彩りを添えた。

それは結婚式というよりも、さながら何かのショーのようで、カールハインツの友人たちが今後結婚式を巡るビジネスで一山当てようとしているのがよく伝わってくる。だが、それでいいのだ。

二人の結婚式の演出により、魔道士たちのこれからの就職先として新たな道が拓(ひら)けるかもしれないとわかったことは、大勢の人たちにとって収穫だった。

何より、たくさんの人たちが楽しそうに、幸せそうにしてくれているのを見るのがリーゼルは嬉しかった。やはり魔法は、人を幸せにするために使われるべきだと再確認したのだ。

そうしてにぎにぎしく祝われたリーゼルとカールハインツが二人きりになれたのは、挙式の数日後だった。

披露宴を終えたあと新婚旅行に旅立った二人だったが、道中も使用人たちが一緒だし、何より疲れ果てていてほとんど意識はなかった。

「やっと二人きりになれたな」

宿泊先に到着した夜。

入浴を済ませてリーゼルが寝室に向かうと、先に来て待っていたカールハインツが言った。

「すごい……カールハインツ様が用意してくれたのですか？」

寝室に足を踏み入れたリーゼルは、その様相に感嘆の声を漏らす。

室内は魔法によって、まるで夜の森にいるように作り変えられていたのだ。

見上げれば、そこには満天の星。夜空を切り取ってきたかのように、星の瞬(またた)きすら感じられる。

夜の森のような演出をしているのに真っ暗に感じられないのは、部屋のところどころに灯りが灯されているからだ。

「あれは、夜光石のランプですか？」

「そうだよ。魔法学校に入学した初期の頃に教材で使うくらいで、あまり人々の生活には普及していないが、こうやって使うとなかなか素敵だろう？」

「ほの明るいという表現がぴったりの、優しい光で落ち着きますね」

魔法学校で学んだ二人にとっては懐かしいものを使って部屋を飾ってくれているというのも、リーゼルの気に入るところだった。

カールハインツだって疲れているはずなのに、彼は新婚旅行のためにこんな準備をしてくれたのだ。

「疲れただろう？　休もうか」

部屋の入り口に立ったままでいたリーゼルを、彼が寝台へと招く。これから就寝するかのようなその言い方に、リーゼルはやや戸惑った。

「あの……もう寝ますか？」

「ああ。挙式もそうだし、長旅で疲れただろうからね」

早く来なさいとでも言うように、カールハインツは自分の隣をポンポンと叩いた。

これからめくるめく夜を過ごすと思っていただけに、そのあっさりした対応には拍子抜けしてしまう。何より、不満だ。

「……初夜なのに、何もしないのですか？」

「確かに初夜ではあるが、今夜を特別視しなくとも、機会はいくらでもあるだろう？」

「でも、魔力の補給は……しなくてもいいのですか?」

カールハインツの隣に横になり、リーゼルはじっと彼を見つめた。

入浴中からずっと今夜のことを考えて胸をドキドキさせていたというのに、彼がこんなにも落ち着いているのだと思うとちょっぴり憎らしくすらなる。

「リーゼルだって疲れているのに、悪いよ」

「補給の必要はないのですか?」

「……それなら、キスさせてもらおうかな」

何だか無理を言って渋々応じさせたみたいになってしまい、またさらに不満が募った。

だから、口づけだけで終わらせてなるものかと、気合いを入れて応じる。

「んっ……」

カールハインツの唇が重ねられてすぐ、リーゼルはそれに吸いついた。彼がためらうより先に、舌を差し入れる。

彼は、それを拒まない。だが、息継ぎの合間に噛みつくように見つめてきた。

「……そんなに煽って、止められなくなっても知らないからな」

そう言った彼の瞳の奥に情欲の炎が灯っているのを見て、リーゼルはほっとする。彼が自分に興味がないのではなく、ただ我慢してくれていただけだとわかったから。

「止められなくなっていいです。……カールハインツ様に、たくさん触れてほしい」

「……私の妻は可愛すぎる」

感激したように言って、今度はカールハインツから口づけてきた。

リーゼルのものより巧みに動く舌が、口内を蹂躙する。歯列を、舌を、執拗に舐め回す。それから、たっぷりと唾液を注いでくる。

飲み干すよりも先に注がれるから、やがて口の端からそれは滴り落ちる。

「ん……はげし……」

「加減してやれないと言っただろう」

「うぅ、ん……」

口づけを繰り返しながら、カールハインツは服の上からリーゼルの体を弄る。

入浴後ということもあり、身につけているのは薄布のガウンだけ。だから、彼に触れられる感覚がほとんどそのまま肌に伝わってくる。

彼がどんな快感を与えてくれるのか知っているから、ただ触れられるだけでも感じてしまう。

「はぅっ……！」

突然、リーゼルは甘い声を漏らした。ガウンの上から、カールハインツが胸の頂に触れたのだ。

爪で引っかくようにカリカリされると、背中をむず痒さに似た感覚が走っていく。だが、それは決して不快ではなく、むしろ気持ちがいい。

「リーゼルは、胸を可愛がられるのが好きだな」

「んんっ」

胸を触られながら耳元で囁かれ、リーゼルの体は小さく跳ねる。耳も弱い部分だ。それを知っているから、彼は頂への愛撫を続けながら耳を舐める。

濡れて温かい舌が、耳朶を、外耳を、それから耳の穴を舐める。わざと音を聞かせるようにねっとりと舐めるから、まるで脳内を舐め回されているかのような錯覚を覚える。

その間も、相変わらず胸の頂は薄布越しに刺激されていて、ふたつの異なる気持ちよさによっておかしくなってしまいそうだ。

「や……あぁっ……」

耳と頂への愛撫は気持ちがいいものだが、それだけでは十分ではない。燃え上がるにはやや勢いが足りない。

しかし、カールハインツは一気に燃え上がらせる気はないようだ。

まるで少しずつ延焼させていくかのように、かすかな快感を与え続ける。

「あっ……んっ……はぁ、ん」

彼の舌は、耳から首筋へと移動していった。ゆっくりと舐め、時折歯を立て、味見でもするみたいに。

「リーゼルのここは、とてもいい匂いがするな」

「ん、ふっ……」

首筋に鼻先を押しつけられ、くすぐったさにリーゼルは身をよじった。その反応に気を良くしたのか、カールハインツはさらにリーゼルの体を弄る。

「そろそろここも、直接可愛がってやりたいな」

そう言って、ガウンを脱がせる。前を留めていたリボンを解けば、するりと脱げてしまう。

夜の灯りの下に、リーゼルの真っ白な肌があらわにされた。その裸体に、カールハインツの視線は釘付けになる。

「美しいな……見るのは初めてではないのに、いつも驚かされるよ。見るたびに私を魅了する」

「あぁっ……！」

リーゼルの体に覆いかぶさると、彼はすぐにまた胸の頂への愛撫を再開した。今度は、口に含んで舌で転がすように愛撫してくる。

わざと音が立つように吸い上げ、軽く歯を立て、舌で執拗に突く。

そうされると、下腹部がじんじんと疼いて、もどかしさがさらに増す。

自然と腰が揺れ、膝頭を擦り合わせてしまう。疼いているところを直接可愛がってほしくて、与えられる気持ちよさに期待して、体の奥がさらに熱を持つ。

「リーゼル、腰が動いてしまっているね。ここ、寂しい？」

顔を上げたカールハインツが、リーゼルの薄い腹を撫でた。臍の下、いつも彼のものを飲み込んでいるあたりを軽く押されて、もどかしさがさらに増す。

「ん……」

「いつも、ここに私のものを咥えこんでいるね。根本まで呑み込んだら、このあたりまできているのかな?」

カールハインツは自身を奥まで挿入したときのことを思い出しているのか、リーゼルのお腹を指先で示して、〝このあたり〟と言う。

ただ言葉で示されただけで、リーゼルは彼に最奥を突かれたときの気持ちよさを思い出してしまう。

「……カールハインツ様、早く……」

彼が焦らしているのがわかって、リーゼルはねだった。何がほしいか、どうしてほしいのかわかっているのに意地悪しないでほしいと。

だが、そんなリーゼルを見て彼は嬉しそうにするだけだ。

「こんなに清らかで美しい見た目をしているのに……私と交わる喜びを知ってからの君は、さらに可愛いな。どうしてほしいか言ってごらん」

カールハインツはその美しい顔に恍惚の笑みを浮かべ、リーゼルを見つめる。もっとはっきりねだらないと、その望みを叶えてやらないよと。

そんな意地悪しないでほしいと思いながらも、彼に可愛がられたくてなりふりかまっていられない。

だから、恥ずかしさに頬を染めながら、ゆっくりと両脚を開いた。それから、カールハインツの目をしっかり見つめて言う。

「カールハインツ様……ここに、入ってきてください。早く……あなたとひとつになりたいの……」

羞恥のあまり、涙がにじんだ。

淑女として、こんなはしたないことはしてはいけないと。だが同時に、こんなふうにねだれば彼が可愛いと思ってくれるのではないかと、そんな計算高いことも考えてしまう。

「リーゼル……もうこんなに濡らしてしまって」

「んんっ」

カールハインツは嬉しくてたまらないという笑みを浮かべてから、リーゼルの中心に指を這わせた。そこは薄暗がりでもわかるほど、じっとりと濡れていた。薄っすらとした茂みすら濡らすほど、蜜が溢れてしまっている。

「濡れて私を受け入れる準備をしているのはわかるが、それでも君のここはあまりに狭いからな。壊してしまわないように、しっかり解さないと」

「えっ……ひゃっ……あぁ、ん……」

カールハインツはリーゼルの脚の間に顔を埋めると、蜜に濡れた花弁を舐めた。期待に疼いていたそこは、ほんの少し舌が触れただけでも、痺れるほどの快感を与えてくる。

「ああ……リーゼルの蜜は甘いな……もっと味わわせてくれ。ほら、もっと溢れさせるんだよ」

「あぁっ……！　んん、あ、あぁんっ」

彼は蜜口を細かな舌の動きで刺激しながら、茂みの奥からかすかに顔を覗かせていた花芽を親指と人差し指で摘んだ。蜜をまぶしながら摘んで捏ねるうちに、小さかった花芽は充血して赤くなっていく。存在感を増しただけ、そこは敏感に快感を拾うようになる。

「だめぇ……そこっ……強すぎる、ぁ……！」

摘まれたところがジンジンと甘痒くなるような感じがして、リーゼルは身をよじった。気持ちがいいが、これではないという感覚がする。

「ここを強く刺激されるのも好きなんだね……どんどん蜜が溢れて、トロトロになっていくよ」

「そこ……カールハインツさま……さわって……んんっ」

秘裂に指を這わせながら、カールハインツは蜜を楽しむ。先ほど舐められたのと花芽を刺激されたのとで、そこは滴るほどの蜜を溢れさせていて、少し指を滑らせるだけでさらなる快感をリーゼルに与える。

「そうだね……しっかり、私のものを咥えられるように広げておかないと」

リーゼルが涙目でねだってようやく、彼は指を秘裂に沈みこませていった。狭く拒むようでありながら、ひとたび指が押し入ってくると、もっと奥へとねだるように絡みついてくる。

彼は指を奥へは進めず、花芽の裏側に当たるごく浅い部分を引っかくように愛撫し始めた。

「あぁっ……そこぉ……ぁう、ぅんんっ……」

「このザラザラした部分が、リーゼルの弱いところだね。ここ、触られるといつも喜んでしまうね」

リーゼルが甘く呻きながら指を食い締めてくるから、それに機嫌を良くしたカールハインツは指の動きを速める。

「あっ、あぁっ、んっ……んんっ」

高速で擦られ続けると、やがて蜜口から飛沫が上がった。その直後、リーゼルは爪先を一瞬ピンと伸ばしてから、くったりとなってしまう。

「達したな……本当に君の体は素直で、可愛がり甲斐があるよ」

果てて力の抜けたリーゼルを満足げに見つめながら、カールハインツは身につけていたものを脱ぎ捨てる。といっても、彼もガウン一枚だ。それを脱ぎ去れば、逞しい裸身があらわになる。

薄く筋肉が乗った美しい体に、リーゼルの視線は釘付けになる。魔道士というと世間一般には貧弱な印象を持たれがちだが、無茶（むちゃ）な実験や研究に耐え得る体が必要になるため、強い魔道士ほど肉体を鍛えている。

カールハインツも例に漏れずそのタイプだ。服の上からではわからないが引き締まった体をしており、リーゼルは見るたび驚いてしまう。

だが、何よりもリーゼルの目を惹くのはやはり、彼の中心で屹立している雄々しいものだ。いつもリーゼルを貫き、快楽の頂へと上り詰めさせる肉楔。冷徹さすら感じさせる涼し気な美貌には不釣り合いな、表面に血管の浮き上がった凶悪な見た目をしている。

大きさも硬さも恐ろしいと感じるのに、それが与えてくれるの快感を知ってしまってからは、恋しくて愛しいものだ。

これから彼のものを受け入れるのだと思うと、下腹部がキュンと疼いて、また蜜が溢れた。

「さっきのできちんと解れただろうか……」

「ん、あぁ……」

カールハインツは自身の屹立の先端を蜜口にあてがうと、軽く押しつけて滑らせる。そうすると、秘裂から花芽というリーゼルの敏感な部分を擦り上げるから、たまらず声が漏れてしまう。

だが、ほしいのはそんな刺激ではないのだ。

「やっ……ねぇ、早く中へ……足りないの」

腰を揺らし、自ら大きく脚を開いてリーゼルはねだる。口を開けて待ちわびている部分を見せつけるように。

腰を揺らすと、彼のものが擦れてくる。花芽に先端が当たると小さく息が漏れるほど気持ちがいいが、それ以上にやはり蜜口に当たるとたまらない。

ずっと弱い勢いで広がっていた炎が、ここへきて一気に燃え上がるような感覚がしていた。

早く焼き尽くしてほしい——そんな願いで頭がいっぱいになって、リーゼルは脚を彼の腰に絡めて、自ら肉棒を呑みこんだ。

「あぁ……おおきぃ……すごい……」

「そんなに締めつけたらっ……くっ……」

絡みつく肉襞に、カールハインツは耐えるように眉根を寄せた。

それは彼にとっても待ち望んだ快感だった。

「奥……もっと、全部挿れてください……」

「あぁ、わかったよ……何て狭いんだ」

リーゼルにねだられ、カールハインツは隘路を進む。蜂蜜漬けのマシュマロのような、温かく柔らかな肉が、包み込むように肉棒に絡む。

「すき……カールハインツさま、すきぃ……ん、んぅ……」

全身で彼への気持ちを表現するように、リーゼルは口づけをねだって舌を絡める。口内でも、膣内でも、愛するカールハインツを包み込んで離さないという強い意思を感じさせる。

　実際のところは快感に脳を焼かれたようになり、難しいことは何もわからなくなっている。だが、体が、本能が、愛する人と深く深く絡みついて離したくないと言っているのだ。

「……すべて入ったが、長く保つかどうか……」

「あ、はぁっ……」

　何かをこらえるような表情をして、カールハインツはゆっくりと腰を動かし始めた。待ち望んでいた快感が訪れ、リーゼルは全身で喜ぶ。

　濡れた隘路を彼のものが押し開いて進んでくるたび、またそれが肉襞を絡めながら引き抜かれるとき、ゾクゾクと気持ちよさが体中を駆けめぐっていく。

　だが、彼が思いきり最奥を突き上げるような動きをしたときが、最も強烈な快感が走ることに気がついてしまった。

「あっ、あぁ……奥、うぅんっ……んあぁ……」

「すごいな……リーゼルの中、うねって……」

　カールハインツはリーゼルの両脚を抱えると、さらに大きく開かせる。そして真上から叩きつけるように腰を動かす。

「え……あ、あぁっ……や、ぁあんっ……！」

　姿勢を変えたことで、彼の肉棒はさらにリーゼルの奥へ届くようになった。先端が最奥――

下りてきた子宮口を抉る。

　自分の指は決して届かない、彼のものにだけ触れられる敏感な部分を愛撫され、リーゼルは甘い声で啼いた。

　白い喉を仰け反らせ、髪を振り乱しながら快感を貪る。瞼の裏にチカチカと星が瞬くようで、果てが近いのがわかった。

「カールハインツさま……もう……きちゃう……おっきい、気持ちぃぃのがっ……！」

　快楽のあまり目に涙をにじませて、リーゼルは訴えた。達することを、間もなく快楽の波に飲まれてしまうことを愛する彼に伝えたくて。

「いいよ、好きなだけ達してごらん」

「あぁぁぁっ……！」

　果てを促すように花芽をつねられ、リーゼルは達した。あまりの気持ちよさに、結合部から飛沫が上がる。

　カールハインツによって、リーゼルはすっかり快感に弱い体に作り変えられてしまった。

「すごい……やはり、君が気を遣ると魔力が大量に流れ込んでくるよ……あぁ……私も……」

　蜜壺の蠕動と魔力が流れ込んでくることにより、カールハインツも快感に呑まれそうになっていた。

　抜き差しを繰り返すうちに蜜にまみれた肉棒はさらに硬さと太さを増している。

怒張と呼ぶに相応しい姿になったそれは、リーゼルがひときわ蜜壺を食い締めたその瞬間、大きく震えた。

「く……」

激しく脈動するたびに、リーゼルの中に彼の欲望が注がれる。それを一滴残さず飲み干そうと肉襞が蠢くから、彼は達している最中にもかかわらずさらなる快感を覚えていた。

「……すまない。久しぶりだったものだから、あまりに気持ちが良くて我慢できなかった」

呼吸を整え、リーゼルの中からゆっくり出ていくと、カールハインツはすまなそうに言って抱きしめてきた。

注がれたものが、口を開けたままの秘裂から溢れていく。その感触にしばらく呆然としながらも、リーゼルはうっとり微笑む。

「ではこれからは、毎日きちんと魔力の補給をしないといけませんね？」

「毎日でなくとも……君の体に負担はかけたくないし」

果てたばかりで冷静になっているカールハインツは、リーゼルの言葉をすぐには理解しない。それが不満で、リーゼルは彼の汗ばんだ胸に頬を寄せた。

「……毎日でもしたいと言っているのです。それに、カールハインツ様にならば激しくされても構わないのに……むしろ、激しく可愛がられるのは好きです」

「リーゼル……」

リーゼルが甘えているのがわかったのか、カールハインツはようやく嬉しそうに微笑んだ。

交わりが魔力補給の意味を持ってから遠慮する気持ちが生まれてしまっていたのだが、その遠慮は不要だと伝わったのだ。

「もちろん、毎日だってしたい。それは魔力補給のためではなく、君を愛しているから。でも、私の気持ちに任せると、いついかなるときも君と繋がっていたくなってしまうから、それでは困るだろう？」

真面目な顔をして彼は問いかけてくる。どうやら冗談ではないとわかって、戸惑った。

だが、当然嫌ではない。愛する人に求められて、嫌なわけがない。

「それなら私がきちんとカールハインツ様の魔力を管理します」

「そうしてくれ。君のことに関しては、私の理性はあてにならないからな」

リーゼルの顔に可愛い企みの表情が浮かんでいることに、カールハインツは気づいていなかった。ただ単にリーゼルが自分の体調を気遣ってくれていると捉えたようだ。

だが、実際はそうではない。リーゼルもカールハインツと同じくらい、彼のことに関しては理性が働かないのだ。

「じゃあ、これからは私が魔力補給の必要があると判断したら、たっぷり仲良くしましょうね」

「え？」

彼の上にまたがって、にっこり微笑む。その表情は無邪気でありながら艶めいている。

「まだ全然足りていないでしょ？　たくさん補給してください」

そう言って、リーゼルは力を失った彼のものに触れる。だが、軽く握ってやるだけでそれは、すぐに元気を取り戻す。

「……私の妖精姫は、なんて恐ろしいのだろうな」

口ではそんなことを言いつつも、カールハインツはこれからリーゼルにされることに期待している顔をしていた。

「魔力の補給という意味もありますけれど……私、カールハインツ様とたくさん交わりたいのです。裸で、こんなにお互い無防備な姿を晒して、剥き出しの愛を確かめ合いたいのです」

言いながら、リーゼルはカールハインツの唇に舌を伸ばす。すると彼もそれに応じてくれるから、伸ばした舌を絡め合う濃厚な口づけとなった。

これまで生きてきて、舌がこんなにも官能を刺激する器官だとは知らずにいた。だが、カールハインツと交わるようになってから、唇や舌が触れ合うことが、たまらなく気持ちがいいと知ってしまった。

「カールハインツさま……んっ……すきぃ……だいすき」

「私も、かわいいリーゼルが好きでたまらないよ……」

とろとろの唾液を絡ませ合いながら、二人は口づけを続ける。口の端から滴る唾液は、もはやどちらのものなのかわからなくなってしまっているほどだ。

「……ここも、気持ちよくなりましょうね」

激しい口づけに呼吸を荒らげながら、リーゼルの手はカールハインツのものへ伸ばされる。力を失ってもなお大きなそれを、リーゼルの細くしなやかな手が握りしめる。

先ほどまでリーゼルの中にいたため、それはまだ蜜で濡れている。その蜜で滑らすように肉竿を擦ると、彼の口から荒い息が漏れた。その息すら呑み込むように、また口づける。

「カールハインツ様、気持ちいい?」

「ああ、リーゼル……だが……」

「では、ここにもキスしながら触りますね」

唇を離すと、リーゼルは今度は握りしめた肉竿の先端に口づける。それからチュッと音を立てて吸ったり、唾液をまぶすように舌をねっとりと絡めたり、口の奥まで含んでみたり、様々なことを試した。

時折、上目遣いに見つめてみると、カールハインツが切なげに眉根を寄せて、それでいて愛しいものを見る眼差しで見つめてくる目と視線が交わる。それが嬉しくて、リーゼルは舌と手での愛撫を続けた。

そのうちに、体の中の熱が再燃してきて、自然と腰が揺れてしまう。愛する人のものを咥えて腰を揺らすなんてはしたないと、羞恥に震えそうになるが、恋しいのだから仕方ない。

それに、恥じらって受け身でばかりいては、どれほど自分が彼を好きかを伝えることなどできないのだから。

カールハインツのものを舐めているうちに、リーゼルの体はどんどん切なくなっていた。切なくなると蜜壺がキュンと収縮するから、先ほどたっぷりと注がれた精と蜜が混じったものが溢れてきて、その感触がまた刺激となってしまう。

「すごい……カールハインツ様の、もうこんなになって……」

リーゼルが愛撫を続けるうちに、彼のものはすっかりもとのように力を取り戻していた。もしかすると、硬さや太さは先ほど以上になっているかもしれない。

顔を近づけなくてもわかるほど、濃厚な雄のにおいもさせている。そのにおいにあてられて、リーゼルはクラクラしてきているのを感じていた。もっともそれは、自身で施したあるもののせいかもしれなかったが。

「リーゼル、そんなにとろけた顔をして……もしかして、また何か飲んだのか？」

不意にカールハインツが、リーゼルの目をすぐ近くで覗き込んでくる。彼の美しく整った顔が近づいてきて、見慣れているはずなのにリーゼルの胸は高鳴った。

「やっぱり、バレてしまいますね……」

「『やっぱり』ということは、また媚薬を？」

「はい……でも、今度のは遅行性のものにして、交わりを深めるごとに効果が増すというものにしたのですけれど……」

今度こそはしたないと呆れられてしまったかもしれない——そんなことを考えて、リーゼルは恥ずかしさといたたまれなさでどうにかなりそうだった。そのくせ、体の火照りは止められそうになく、彼に見つめられるだけで子宮が切なく疼いて仕方がなかった。

「感じやすい君は可愛くてたまらないが、薬による負担は無視できないからな……どうしてまた、媚薬なんか……」

「……私がより感じたほうが、魔力の放出が大きくなると本に書いてあったので」

「本に……確かに、古来魔女は肉体の交わりによって魔力を高めたという記述も残っているが……まったく、君という子は」

事情を飲み込めたらしいカールハインツは、そう言って頭を撫でてきた。呆れられてはいないとわかって、リーゼルはほっとする。

だが、いよいよ媚薬が効いてきたようで、頭を撫でられただけでも感じてしまう。何より、彼のものを前にして、体の疼きを止められなくなってきた。

「カールハインツ様、あの……もぅ……」

ねだるように、リーゼルは彼の雄々しいものに舌を這わせる。見せつけるように舐める。

すると先ほどまでリーゼルを心配そうに見つめていた彼の瞳の奥に、情欲の炎が燃え上がるのがわかった。

「ああ、いいよ。君がしたいようにしてごらん」

褒めるみたいに頭を撫でられて、リーゼルは体を起こした。そして、彼に背を向ける格好で、彼の上に跨り直す。

リーゼルなりに、愛する人を喜ばせたいといろいろ勉強してきたのだ。今夜は結婚初夜だ。その学んだことを遺憾なく発揮するのに、今日ほど相応しい夜はないだろう。

交わるときは双方ともが性的に高まるほど、魔力も高まると書物には書かれていた。だから、より少しでもカールハインツが高まってくれるように、彼を少しでも夢中にさせられるように、リーゼルは懸命なのである。

「……カールハインツ様、見て……」

尻を突き出す格好で、彼の屹立の上に跨る。そして、片手を添えて蜜口を広げてみせる。

「私が、あなたのものを上手に呑み込むところ、見ててください……」

そう言って、ゆっくりと腰を落としていく。

相手の性感を高めるには、見せること、聞かせること、意識させることが大事だと本に書いてあった。だからリーゼルは、恥ずかしさで真っ赤になりながら真面目にそれを実践しているのだ。

媚薬の力を借りたのは、そうでもしなければ恥ずかしくて、そんなことできそうになったからである。だが、少しでもカールハインツの役に立ちたいのだ。妻となった今、その思いはさらに強くなっている。

「すごい……さっきより、太くて硬くて……なかなか挿れられない……うぅ、ん……」

先ほど奥まで貫かれて広げられていたと思っていたのに、彼のものを呑み込むことは難しかった。あきらかに、先ほどより大きくなっている。

「はぅっ！　あ、あぁ……中、擦れて……ん、やっ……進めない……」

ゆっくり、ゆっくりと腰を落としていき、やっと先端のくびれたところまで受け入れると、ちょうどそれは浅い部分にあるリーゼルの敏感な場所を刺激する。カールハインツに指で可愛がられると、あまりの気持ちよさに飛沫を上げてしまう場所である。

そこが擦れるのが気持ちが良くて、リーゼルの腰は震えた。全身にビリビリと、甘い快感が走っていく。

このまま浅いところで腰を振れば、この気持ちよさを存分に味わえるとわかっているが、それでは彼を満足させることはできない。

だから、リーゼルはぐっと堪えて腰を進める。

もっと快感を味わいたいと、きゅうきゅうと絡みつく肉襞。その濡れた肉襞の間を割り入るように進んでくる、太く雄々しい肉槍。

「ん……奥まで、挿れられましたっ……！」

やがて、リーゼルは彼のものを根元まで呑み込むことができた。そのあまりの圧迫感に呼吸を忘れそうになるが、何とか肩で息をする。

「素晴らしい眺めだ……君の柔らかく真っ白な尻の中心に私のものが呑み込まれているなんて……美しく、あまりに淫靡だな」

溜め息まじりに発せられたカールハインツのその感嘆の声にすら、リーゼルは感じてしまっていた。彼の存在すべてが、リーゼルの官能を刺激する。そのくらい、全身で彼のことを求めてしまっていた。

さわさわと尻を撫でられるだけでも、蜜壺が収縮して咥え込んだ肉槍を食い締めてしまう。

「リーゼル、好きに動いていいよ。どこを刺激すると気持ちよくなるのか、教えてほしい」

「は、ぃ……」

奥まで咥えるだけでは物足りなさを感じていたリーゼルは、早速腰を動かし始めた。

腰を前後に振って、彼のものを濡れた肉襞で擦る。彼のものの嵩高い部分がかき出すように出ていくときも、奥まで隘路を押し広げていくように進んでくるときも、どちらも気持ちがいいし、彼が感じているのもわかる。

だが、彼が動いてくれるときのように、素早く抜き挿しすることができずにもどかしい。それに、リーゼルが今欲しいのは、最奥への刺激だ。一番奥を圧迫されるのが恋しくて、そのうちに腰を揺らし始めてしまう。

「リーゼル、そうやって奥を擦るのが、気持ちいいのか？」

奥まで貫かれた状態で腰を揺らすリーゼルに、カールハインツが優しく尋ねた。そうしてわざわざ聞かれると、羞恥心が刺激される。

「はい……カールハインツさまのものが、奥、ぐりぐりってするの……きもちよくて……頭がふわふわしてくるんです……あぅっ」

リーゼルが腰を振りながら素直に申告すると、彼の指が結合部に伸びてきた。そこは、少し指が触れただけでくちゅりと音がするほど濡れている。溢れた蜜と先ほど注がれた精が混じり合って、白濁となっている。

それを敏感な花芽に塗り広げるように、指先に力が入る。

「ひっ、あぁぁっ」

「ここ、気持ちがいいよね。奥のリーゼルが好きなところに押しつけて気持ちよくなっているところに、この花芽を可愛がったらどうなるだろうな?」

「あ、だめぇっ……きゃあぁっ!」

カールハインツの指は、容赦なくリーゼルの花芽を弄った。少し力を入れれば薄皮に包まれた陰核は剥き出しになってしまい、そこに蜜を塗られるのだからたまらない。

それでも、最奥に肉楔の先端を押しつけることは止められないから、二つの異なる気持ちよさにたちまち快感を極めてしまいそうになる。

「リーゼル……すごい締めつけだ」

「だ、だって……」

達するのをこらえようとすると、蜜壺に力が入ってしまった。そのため、咥え込んでいる彼のものを思いきり締めつけることになる。

「かわいいな……気持ちが良くて、ぎゅっとしてしまうんだな。それなら、もっと気持ち良くなるといい」

「やっ、あっ、だめぇっ！　あぁんっ、あぁっ！」

リーゼルが甘えてきていると思ったらしいカールハインツは、花芽を擦る指の動きを速めた。淫らな水音が響くほど激しく擦られ、あっという間にリーゼルは達してしまう。

「あ、……あぁぁっ……！」

自然と腰が揺れ、最奥の一番敏感な部分が肉楔の先端に押し潰されるように擦れた。すると、あまりの快感にリーゼルはただ達するだけでなく、歓(よろこ)びの雫を迸らせた。

「なんて敏感なんだ……いや、これは媚薬のせいなのか？　達したばかりだというのに、柔らかく締めつけてくるな……こらえられそうにない」

「あっ……！」

カールハインツはリーゼルの腰を掴んで体を起こすと、そのまま後ろから覆い被さるようにして激しく突き挿れた。すると、果てたばかりで過敏になったリーゼルの内側は、さらに彼のものを締めつける。

「こうすると、さっきよりさらに奥に届くだろう？　リーゼルが好きな奥、たくさん、ゆっくり突いてあげるからな」

「あぅっ、んっ、んんっ、ふあっんんっ」

　カールハインツは腰を大きく動かして、リーゼルの奥を穿（うが）った。ゆっくり引き抜いて素早く貫く、またゆっくり抜いて勢いよく突き挿れる……そんな力強い往復に、リーゼルは甘い悲鳴をあげるしかない。

　雄肉を咥え込んだ蜜壺はもうずっと快感に震えていて、快楽の頂を極めたまま意識は戻って来ない。

「リーゼル、私の可愛いリーゼル……」

　後ろから強く抱きしめてきたかと思うと、カールハインツは突然腰の動きを速めてきた。声に艶が増し、切ない息が混じっているのを聞くと、彼の果ても近いのだとわかる。

「……カールさまも、達しそうなのですか？」

「ああ……君の奥に注ぎたくてたまらない。奥の奥まで私のものだと、刻みつけたいんだ」

「来て……あぁっ！」

　リーゼルが下腹部に力を入れて彼のものを包み込むと、その直後、それは大きく震えた。

　何度も脈打つように震えながら、熱いものが注がれる。それを最も敏感な場所で受け止めながら、リーゼルも気持ち良さに震えた。

「私、これからもカールハインツ様のためにたくさん学びます。だって、もっともっと気持ち良くなってもらいたいから」

　繋がりあったまま寝台の上に体を横たえて、甘えるようにリーゼルは言う。カールハインツはその髪を、優しく撫でて微笑んだ。

「私の可愛い妻は、勉強熱心だな……これから君がどんな技を身につけるのかと考えると、少し恐ろしくなるくらいだ」

　そんなことを言いつつも、カールハインツの目の奥にはまだ獰猛な獣じみた色が滲んでいた。その目に見つめられ、またこの美しい人に貪られてしまうのだと考えて、リーゼルの下腹部は疼いた。

　媚薬のせいなのか、慣れない土地での解放感からなのか、二人が満足することはなかなかなかった。

　それから二人は新婚らしく、空が明るくなるまで何度も何度も愛し合った。

　結婚後も、リーゼルは魔法学校に残って研究を続けている。

　植物を育てることや浄化に適正があるとわかり、主たる研究はそれらに関するものだ。

　だが、今後のことを考えて別のものにも取り組んでいる。それは、己のルーツを探ることだ。

いずれまた世界に危機が訪れたときのために、力を蓄えておくべきではないかと思い至ったのである。

とはいえ、それはお伽話を探るような、やや荒唐無稽なことだった。そのため、どれほど古い文献にあたろうとも、古文書を読み解こうとも、ほしい答えは爪の先ほども得られなかった。

リーゼルは、時間遡行ができるペンダントを授けてくれた祖母のことを探っているのだが、彼女の娘である母からも、母方の親戚からも、めぼしい話を聞き出すことはできずにいた。

それでもあきらめずに図書館通いを続けていたある日、カールハインツが一冊の絵本を見つけてきた。

「リーゼル、これを見てくれ」

小脇にトカゲを抱えて真剣な顔をしてやってきたカールハインツを見て、リーゼルは思わず笑ってしまった。

その姿はまるで、小さな子どもの世話をする父親のようで、微笑ましかったからだ。

だが、彼が真剣な顔をしている以上、リーゼルも真剣にしなければならない。

「それは、何ですか？　古びた絵本のようですが」

「トカゲが見つけてきたんだ。司書ゴーレムと何か話していたと思ったら、ゴーレムがこれを取ってきた」

「え？」

あまりにも突拍子もないことを言われたため冗談かと思ったが、彼の様子を見る限りそうではないようだ。それに、図書館で働くゴーレムたちが目的もなく動くことも考えにくい。

「……司書ゴーレムが無駄な働きをしたとも思えませんから、トカゲちゃんから何らかの要望を受け取ったということですよね」

図書館で働く魔導式ゴーレムたちは、来館者からの要望を受けて本を探したり、返却された本を書棚に戻したりするのが仕事だ。どんな言語にも通じているなどと言われているが、まさかドラゴンの言葉もわかるだなんて驚きだ。

もっとも、トカゲが鳴く声などほとんど聞いたことがないから、トカゲとゴーレムが言語によるやりとりをしたかは定かでないが。

「この絵本は、どうやら〝時の魔法使いたち〟について記されているみたいだ」

「時の魔法使い……」

俄然興味を惹かれて、リーゼルは受け取った絵本を読み始めた。

それは、精霊に愛され何でもできる魔法使いたちが、世界を良くするために様々な魔法を生み出すが、やがて自分たちの存在が人々に良くない影響を及ぼすと気づいて違う世界へ渡るという物語だった。

過ぎた魔法は人間たちの発展を阻み、無用な争いを生み、いずれ世界を壊してしまうと気づいたのだ。

強欲で傲慢な人間たちに愛想を尽かした魔法使いたちは、〝裂け目の向こう〟の国へと旅立ってしまう。だが、人間たちを倦むと同時に愛していたから、いつか訪れるかもしれない厄災のために、〝時渡りの石〟と〝精霊竜〟を残したと書かれていた。

「この〝時渡りの石〟と〝精霊竜〟って……」

「ああ。おそらくだが、リーゼルのお祖母様の形見であるペンダントと、このトカゲのことだろう。……あいにく、それ以上のことはこの本からはわからなかったが」

「謎が謎を呼びますね……」

何かを掴んだと思ったのに、またわからないことが増えただけだった。

だが、リーゼルは不思議とすっきりした気持ちになっていた。

「もしかしたら、この石が何なのかとか、トカゲちゃんはどこから来たのかとか、そんなことはどうだっていいことなのかもしれませんね。大切なのは、〝時の魔法使いたち〟が残してくれたこれらを、次の世代に繋ぐことなのかも」

リーゼルは、そっと服の上からペンダントを握りしめて言った。

思い出すのは、絶望の中で後悔した〝あの夜〟のことだ。

魔物と化したカールハインツが世界を滅ぼしてしまったあの夜、リーゼルは己の無力さを嘆いた。憧れの人を孤独のままにしてしまったことを。寄り添う努力をしなかった意気地なしな自分を。〝あの夜〟から始まった時を遡ってのやり直しは、運のいい奇跡のように心のどこかで思っていたが、きっと違うのだろう。

魔法使いたちが人間のために残してくれた貴重な力をリーゼルは託され、そしてどうにか正しく使うことができた。

それならば、今度は自分たちが次の世代にそれを継いでいくべきなのだろう。力の正体だとか、ルーツだとか、そんなものは関係ない。そのことに、リーゼルは気づいた。

「そうだな。どうにか危機は去ったとはいえ、世界が未来永劫平和とは限らないからな」

リーゼルの言葉を受けて、カールハインツも頷いた。リーゼルが持つペンダントの不思議な力を目の当たりにしても、トカゲがすごい存在かもしれないと知っても、目の色を変えないこの人と結婚してよかったと、心から思う。

トカゲもそう思っているのか、二人の間を嬉しそうに飛び回って、甘えるように頬ずりしてきた。

リーゼルも、真似してカールハインツにそっと体を寄せる。

「どうしたんだ？　突然甘えてきて」

「カールハインツ様と結婚して良かったなって。あなたは、魔法を、力を、決して悪いことに使おうとしないから」

「それは……そうでなければ、魔法が我々に応えてくれるわけがないと思っているからだ。事実、私利私欲にまみれた者には使いこなせないと目のあたりにしたしな」

リーゼルに褒められても、カールハインツはそれに奢らなかった。むしろ、気持ちを引き締めた表情になる。

彼のこの覚悟が決まった、やや憂いを帯びた表情が、あの事件に思いを馳せてのことだとわかるから、リーゼルは何も言わない。

「これからも、良きことのために魔法を使える魔道士でいましょうね」

リーゼルが言うと、カールハインツは目を細めて頷いた。彼の目が優しく細められるのを見るのが、リーゼルは本当に好きだ。

「ああ。私には守るべきものがあるからな。君と、君が生きる世界だ。それを守るために、私は魔法を使うよ」

それは決意であり、宣誓だった。

そして、その誓いをカールハインツ・デットマーが破ったことは生涯なかった。

時が巻き戻った世界で、リーゼルはとびきりの恋と、素敵な魔道士を捕まえたのだ。

彼と共に正しく魔法の道を究め続けたリーゼルは、ずっと幸せに暮らしていく。


それから十年後。

フライベルク家の敷地にある温室の中に、二人の子どもがいた。

年の頃は七つくらい。同じくらいの背丈で、片方は黒髪、もう片方は金褐色の髪をしている。

そして整った顔はよく似ているが、浮かべる表情はまったく異なっていた。

「すごいよ、ジーク。君が魔法をかけたこの植物、昨日より明らかに成長速度が増してる。母様が基礎となる部分を調節しているとはいえ、この結果はすごいや」

黒髪の少年は、理知的な表情を浮かべ手元の帳面に何かを記入している。〝ジーク〟と呼ばれ褒められた金褐色の髪の少女は、興味なさそうにあくびをしていた。

「マイン、もう記録はそのくらいでいいでしょ？　水やり装置が無事に動いてるのも確認したし、異常がないかも見て回ったもん」

早く遊びたい少女は、まだ記録を取りたい少年〝マイン〟の袖を引っ張る。

「ジーク、ちょっと待って」

「マイン、待たせるならせめてペンジャミンを貸して」

「ペンジャミンのお話聞くなら、僕だって聞くよ！」

ジークがマインのポケットからペンを取り出そうとすると、彼は慌てて言った。

ペンジャミンというのは、マインが父から預かっているペンだ。父が若い頃に蚤の市で見つけたらしい、非常に変わったものだ。何せ、魔法具でもないのにひとりでに文字を書くのである。おまけに、意思の疎通までできる。

「ペンジャミン、今日も面白いお話聞かせて」

温室の隅に設えられているテーブルセットまで行くと、マインはポケットから取り出したペンを紙の上に置いた。すると、ペンは紙の上で自立し、スラスラと文字を綴り始める。

『坊っちゃん、お嬢ちゃん、今日はどんな物語をご所望かな?』

「そうだなぁ……ワクワクする冒険の話がいい! 戦うやつ!」

ジークが元気よく言うと、ペンは滑るように紙の上に物語を綴り始める。

淀みなく、勢いよく物語が生み出されていくが、それもそのはず。ペンジャミンは、子どもたちが喜ぶ物語を、繰り返し視点を変え綴り続けているからだ。

「今日は〝噴水広場での決戦〟の、ドラゴン視点だね!」

綴られた物語に目を通したマインが、歓喜の声を上げる。

それは、マインもジークも大好きな、実在の出来事を元にした物語だった。

魔法による社会の発展を妬んだ悪者が、魔法の仕組みを破壊しようとするのを封じるという筋書きである。

「そっか。いつもは魔道士や悪者目線の話だけど、ドラゴン視点だと話はこうだったかもしれないってことだね」

「えー、でも、この話のドラゴンってフィーのことでしょ? フィーがそんなふうに強かったり頭良かったりするの、信じられないんだけど」

ペンジャミンの物語にマインは感心していたが、ジークは少し不満そうだ。

というのも、この物語に出てくる魔道士とはマインとジークの父であるカールハインツで、ドラゴンはこの家で暮らしている小さな不思議生物のことだからである。

白いトカゲのような姿をしたその生き物に、マインは〝フィー〟と名前をつけた。父カールハインツも母リーゼルも、〝トカゲ〟としか呼ばないのが可哀想だと思ったのだ。

「フィーはやるときはやる子なんだ！　今はその必要がないから小さいままだけど、大変なことが起きたら大きくなって戦ってくれるんだよ」

「どうかなあ。まあ、別にどっちだっていいけど。フィーが可愛いままでも、私が代わりに戦うし！」

「そうだね……ジークは魔法が使えるし」

フィーが過去に本当に戦ったかどうかについては、マインとジークの間で意見が分かれている。それは、二人の生まれ持った能力に違いがあることも理由かもしれない。

「私は魔法を使えるって言っても、あんまり得意じゃないからなぁ。父様が言うには、私には集中力がないからって。頭がいいマインが魔法を使えたほうが絶対によかったのにね」

「集中力はあとから身につくからいいじゃないか。僕は魔法を扱うって能力が生まれながらにしてないんだぞ。……両親ともに、立派な魔道士なのに」

「マイン……」

兄が落ち込んでしまったのに気づき、ジークも困ってしまった。幼い頃はあまり気にならなかった能力差が、最近になってかなり彼を苦しめているのに気づいてはいるのだ。

生まれながらにして魔法が使えるジークにとっては、マインがなぜここまで魔法に憧れるのかわからない。魔法がなくとも彼は頭がよく、何かと器用だ。それに比べてジークは勉強は得意ではないし、貴族の令嬢としてお淑やかにするのも好きではなくて、よく乳母や家庭教師に叱られている。

何をやっても自分と違って褒められるマインが、魔法に渇望し悩む様子は、納得がいかないし理解できないことだった。

「でもさ、マイン。私たちは双子なんだよ。二人でひとつ。私は魔法が使えるけど制御がポンコツ。マインは魔法は使えないけど、理論の構築はバッチリ。これって、二人で力を合わせるためにそういうふうになってるみたいじゃない？」

ジークはマインのおでこに自分のおでこをくっつけて、すぐ近くで目を見つめた。

これは母リーゼルがよくやってくれることで、美しい黄緑色の宝石のような目で見つめられると、大丈夫な気がしてくるのだ。ジークは髪色こそ似なかったが、目の色は母譲りの美しさだと自負しているから、至近距離で見つめるこの技が効くのもわかっている。

「そうだな。確かに、ジークひとりで魔法を使うのなんて想像できないし」

「でしょ。マインがすごい魔法を考えてくれて、それを私がやってみるっていうのが一番いいやり方だよ」

マインが機嫌を直したのがわかって、ジークはほっとした。

「父様も、僕みたいな人間がいずれ魔法を使えるようにする研究を進めているもんな」

「〝ガクジュツテキにタイケイカする〟だっけ？　理論として構築し、それを正しく理解できれば魔道士じゃなくても魔法が使えるかもしれないんだよね」

「学術的に体系化、ね」

『坊っちゃんは、魔道書を書く仕事に就いたらどうかな？　坊っちゃんが魔法を創造し、それをお嬢ちゃんが実現すれば、きっと素晴らしいものが生まれるだろう！』

マインとジークの会話をそばで聞いていて、ペンジャミンが提案した。それを目にした二人は、目を輝かせる。

「それ、最高だね！　ただ魔法を使えるだけじゃ魔道書なんて書けないから、頭がいいマインにぴったり！」

「僕が言った通りに魔法を使える子なんてジークしかいないんだから、二人で協力するのが一番だよね」

将来についての希望が見えてきたところで、二人の顔はようやく明るくなった。

マインが魔法が使えず、ジークにだけ魔道士の素質があると判明したとき、カールハインツはかなり心配したのだ。そんなふうに双子で素質に差があると、仲違いをするのではと考えたのである。しかし、リーゼルはあまり心配していない様子で、「非魔道士と魔道士である以前にうちの子なので。どちらも可愛がれば問題ありません」と言い切った。

その言葉通り、マインもジークも母からたっぷりの愛情を注がれて育っている。父も、どちらのことも目に入れても痛くない様子だ。そして、どちらにも平等に持てる知識を授けている。

『二人は喧嘩をしないで偉いな。君たちのような兄弟はいがみ合う人も多いものなのに』

仲が良い二人を見て、ペンジャミンが感心したように言う。それを目にした二人は、誇らしげに胸を張った。

「だって私たち、父様と母様の宝物だもん！」

「こんなにも大事にされてるってわかってて、やっかむ必要はないからな」

これが二人の、嘘偽りない本音だった。それぞれ悩みはあるが、両親から愛されていないなどと感じたことは一度もない。なぜなら、マインもジークもどちらも等しくリーゼルとカールハインツにとっては大切な宝物だから。

「あー……早く帰って来ないかな。父様と母様に会いたくなっちゃったよ」

「せめて仕事のとき、どちらかがお家に残ってくれたらいいのにねぇ」

そんなことを二人で言い合っていると、唐突に温室のドアがカチャリと開く音がした。誰がドアを開けたのか確認するよりも前に、白くて小さなものが勢いよく飛んできた。

「わっ……！」

「フィーだ！　父様と母様も！」

勢いよく飛んできたのは羽の生えたトカゲのようなものだった。マインの顔に貼りついたフィーは、甘えるように「クルル」と喉を鳴らしていた。

フィーの突然の登場に喜ぶ間もなく、ジークもマインも大喜びする。カールハインツとリーゼルが帰宅したのだ。

不作に悩む遠方の町へ視察に行っていたため、まだ何日も戻って来ないと思っていたのに。唐突な帰宅は、父が〝魔法の鍵〟を使ったからだろう。

「ただいま、マインラート、ジークリンデ」

「二人とも、良い子にしていたかしら？」

カールハインツとリーゼルが両手を広げて待ち構えると、二人はすぐさま駆け寄っていって抱きついた。七歳なんてまだ両親に甘えたい年頃で、彼らが家にいる間はべったりだ。

植物に関する研究や浄化の魔法が得意なリーゼルは、不作や植物の異変が起きている場所へ赴いて改善するのを仕事としているため、こうして家を空けることが年に何回もある。父もそのたび付き添うから、マインとジークは寂しい思いをしている。

「ねえ、お仕事なのは仕方ないけど、今後は父様か母様が家に残ることはできないの？　二人ともいっぺんにいなくなったら寂しいよ」

「父様がすごい魔道士なのはわかっているけど、母様の仕事に付き添う必要があるの？　母様の仕事のときは父様が家にいてよ」

　ジークとマインは、先ほどまで感じていた寂しさと疑問をすぐにカールハインツにぶつけた。

　すると父は、苦い顔をする。

「お前たちの願いを叶えてやりたいのはやまやまだが……父様は母様と離れられない事情があるのだよ」

「事情って何？」

「事情は、事情だ……」

　子どもたちに詰め寄られ、カールハインツは困った様子でリーゼルを見つめた。子どもたちに秘密を持ちたいわけではないが、話すにもはばかられる内容だからだ。

　夫婦仲がいいのを見せておくのは良いことだと思っているが、仲のいい夫婦がどんなことをするのかまではまだ教えられない。

「あなたたちの父様はね、母様のことが大好きすぎて離れられないの」

　カールハインツに助けを求められたリーゼルは、嬉しそうに言う。だが、そんな言葉では子どもたちは誤魔化されたりしない。

「私だって母様のこと大好きだけど！」

「父様ばっかりズルい！」

　大好きな母を巡っては、父すらライバルになる。頬を膨らませて抗議する二人を見て、リーゼルはさらに笑みを深めた。

「あらあら、可愛い子たち。やっぱりまだ赤ちゃんなのね」

リーゼルが二人の頭を胸元に抱き寄せて言えば、どちらも心外だという顔で首を振った。

「赤ちゃんじゃない！　もう七歳だ」

「そうよ！　私たち、赤ちゃん扱いしてほしいわけじゃない」

二人の返答を聞いて、リーゼルは声を立てて笑った。子どもたちが何をしても何を言っても、可愛くて仕方がないのだ。

「……私も、赤ちゃんではないのだが。どちらかと言えば、夜に甘えん坊になるのはリーゼルのほうじゃないか」

カールハインツもやや不服そうに言うが、本気で不服なわけではないのは、その目の表情からわかった。彼の言葉を受け、リーゼルは頬を赤らめる。

「そういうことは、今言っちゃだめです」

「君が私の前だと可愛いのは事実だ」

「だから、そういうこと言わないでって言ってるの……！」

子どもたちの前でもお構いなく妻を褒めるのは、カールハインツのいつものことだ。子どもたちも慣れたもので、すぐさま邪魔に入る。

「すぐそうやって二人きりの世界を作るー！」

「僕たちがいるときは二人だけでいちゃいちゃするの禁止ー！」

可愛い子どもたちに体当たりをされ、リーゼルとカールハインツは二人で彼らをギュッと抱きしめるしかなかった。

家族がそうしてくっついているのが嬉しいらしく、その周りをフィーも飛び回る。

温室の中には、彼らの幸せな笑い声が響いていた。

あとがき

この度は本書をお手にとっていただき、ありがとうございます。

日頃私の他の商業作品を手にとって下さっている読者の方にはあまり知られていないかも知れませんが、私は魔法が大好きです。そして学園モノも大好きです。なので今回、ファンタジー要素の強いＴＬ小説のご依頼があったとき、絶対に魔法やドラゴンの含まれた話が書きたいと思い、このお話のプロットを作りました。編集さんのアドバイスでプロットよりさらに面白いものにできたのではないかと思います！　今回も大変面倒をかけてしまいましたが、おかげでとてもいいものになったと自負しております。

なま先生の素敵なイラストでリーゼルとカールハインツ、それからトカゲちゃんに命を吹き込んでいただけたのも本当に嬉しいことでした。トカゲちゃん、本当に可愛い……。表紙も挿絵も本当に素敵で、何度も眺めてはニヤニヤしました。皆様にとっても気に入っていただける作品に仕上がっていることを願っています。

猫屋ちゃき

蜜猫F文庫をお買い上げいただきありがとうございます。
この作品を読んでのご意見・ご感想をお聞かせください。
あて先は下記の通りです。

〒102-0075 東京都千代田区三番町8番地1三番町東急ビル6F
(株)竹書房　蜜猫F文庫編集部
猫屋ちゃき先生／なま先生

世界最強のラスボス魔道士は、巻き戻り令嬢を溺愛して甘々恋愛ルート突入です

2023年9月29日　初版第1刷発行

著　者　猫屋ちゃき　©Nekoya Chaki 2023
発行者　後藤明信
発行所　株式会社竹書房
〒102-0075 東京都千代田区三番町8番地1三番町東急ビル6F
email : info@takeshobo.co.jp
デザイン　antenna
印刷所　中央精版印刷株式会社